# EL MANDATO DEL REY

JENNIFER LEWIS

**HARLEQUIN**™

Editado por HARLEQUIN IBÉRICA, S.A.
Núñez de Balboa, 56
28001 Madrid

© 2011 Jennifer Lewis
© 2014 Harlequin Ibérica, S.A.
El mandato del rey, n.º 109 - 17.9.14
Título original: Claiming His Royal Heir
Publicada originalmente por Harlequin Enterprises, Ltd.

I.S.B.N.: 978-84-687-4435-3
Depósito legal: M-19669-2014
Editor responsable: Luis Pugni
Impresión en CPI (Barcelona)
Fecha impresion para Argentina: 16.3.15
Distribuidor exclusivo para España: LOGISTA
Distribuidor para México: CODIPLYRSA
Distribuidores para Argentina: interior, BERTRAN, S.A.C. Vélez
Sársfield, 1950. Cap. Fed./ Buenos Aires y Gran Buenos Aires,
VACCARO SÁNCHEZ y Cía, S.A.

# Capítulo Uno

–Su hijo es mi hijo.

El desconocido miró por detrás de ella hacia el interior del vestíbulo.

Stella Greco pensó cerrarle la puerta en las narices. Al principio, se había preguntado si sería un stripper como el que su amiga Meg había contratado dos años antes para una fiesta sorpresa. Pero la expresión del rostro de aquel hombre era demasiado seria. Alto, de pelo oscuro y rizado a la altura del cuello de la camisa, rostro bronceado y ojos grises, su sola presencia llenaba el vestíbulo.

De repente, sus palabras la hicieron reaccionar.

–¿Qué quiere decir con que es su hijo? ¿Quién es usted?

–Me llamo Vasco de la Cruz Arellano y Montoya, Vasco Montoya cuando estoy en el extranjero. ¿Puedo pasar?

Una sonrisa se dibujó en sus sensuales labios, pero no fue suficiente para tranquilizarla.

–No, no le conozco y no tengo la costumbre de dejar entrar en mi casa a desconocidos.

Un escalofrío de pánico le recorrió la espalda. Su hijo no tenía padre. Aquel hombre no tenía nada que hacer allí. ¿Por qué no cerraba la puerta?

El sonido de una canción de cuna llegó hasta donde estaban, delatando la presencia de su hijo en la casa. Stella miró hacia atrás, deseando poder esconder a Nicky.

–Tengo que irme.

–¡Espere! –exclamó dando un paso adelante mientras ella empezaba a cerrar la puerta–. Por favor –añadió suavizando la voz–. Quizá podamos hablar en algún sitio más tranquilo.

–Imposible.

No podía ignorar a Nicky. Tampoco quería llevarlo a ninguna parte con aquel desconocido.

Confiaba en que Nicky no apareciera gateando por el pasillo buscándola. Su fuerte instinto maternal la urgía a cerrar la puerta en la cara de aquel hombre tan guapo. Pero era demasiado cortés y había algo en él que le impedía hacerlo.

–Por favor, márchese.

El hombre se inclinó hacia delante y ella percibió una mezcla del aroma de su perfume con el del cuero de su cazadora negra.

–Su hijo, mi hijo… es el heredero del trono de Montmajor.

Parecía una proclamación y tuvo la sospecha de que él esperaba que se cayera de la impresión.

–Me da igual. Es mi hogar y, si no se marcha ahora mismo, llamaré a la policía. ¡Váyase!

–Es rubio –dijo el hombre mirando de nuevo por encima del hombro de ella.

Stella se dio la vuelta y se horrorizó al ver a Nicky avanzando por el suelo, con una enorme sonrisa en la cara.

–*Ajo.*

–¿Qué ha dicho? –preguntó Vasco Montoya.

–Nada, solo son sonidos.

¿Por qué la gente esperaba que un pequeño de apenas un año pronunciara frases completas? Estaba empezando a cansarse de que la gente le preguntara constantemente por qué no hablaba todavía. Cada niño se desarrollaba a su propio ritmo.

–De todas formas, no es asunto suyo.

–Sí lo es –contestó el hombre con la mirada clavada en Nicky–. Es mi hijo.

Ella tragó saliva.

–¿Qué le hace pensar eso?

–Los ojos, tiene esos ojos…

Nicky miraba al desconocido con los enormes ojos grises que Stella creía de su abuela materna. Los suyos eran color avellana.

De repente, Nicky pasó junto a ella, levantó su mano regordeta y se agarró a uno de los dedos de Vasco. El hombre esbozó una gran sonrisa.

–Es un placer conocerte.

Stella tomó al niño en brazos y lo estrechó contra su pecho.

–*Ga la la.*

Nicky saludó al hombre con una sonrisa.

–Esto es una invasión de mi intimidad, de nuestra intimidad –protestó Stella, sujetando con fuerza a su hijo.

Una desagradable sensación en la boca del estómago le decía que aquel hombre era realmente el padre de su hijo y bajó la voz.

–El banco de esperma me aseguró que la identidad del donante era confidencial y que nadie conocería mis datos.

–Cuando era joven y estúpido hice muchas cosas de las que ahora me arrepiento –dijo mirándola con sus ojos grises.

Sabía que Nicky tenía derecho a buscar a su padre cuando tuviera edad suficiente, pero había asumido que su padre no tenía los mismos derechos.

–¿Cómo me ha encontrado?

Quería que su hijo fuera solo suyo, sin nadie que se entrometiera y complicara las cosas.

–El dinero puede ayudar a descubrir muchas cosas.

Tenía un ligero acento, una suave inflexión en su tono de voz. Parecía sentirse superior.

–¿Le dieron el nombre de las mujeres que compraron una muestra de su semen?

Él asintió con la cabeza.

–Han podido engañarlo –concluyó Stella.

–He visto los expedientes.

Podía estar mintiendo en aquel momento. ¿Por qué quería a Nicky?

Su hijo se agitó en sus brazos, reclamando que lo dejara en el suelo. Pero no estaba dispuesta a hacerlo.

–Tal vez no sea suyo. Lo intenté con el esperma de varios donantes.

Ahora era ella la que mentía. Se había quedado embarazada al primer intento.

–También he visto su expediente –replicó él, alzando la barbilla.

–Esto es intolerable –protestó Stella sintiendo que le ardía el rostro–. Podría demandarlos.

–Podría, pero eso no cambia lo más importante –dijo él, y miró con ternura a Nicky–. Este es mi hijo.

Los ojos se le llenaron de lágrimas. ¿Cómo se había convertido un día normal en una pesadilla?

–Ha debido de engendrar un montón de hijos a través del banco de esperma, tal vez incluso cientos. ¿Por qué no va a buscar a los otros?

–No hay más –respondió sin dejar de mirar a Nicky–. Él es el único. Por favor, ¿puedo pasar? Esta no es una conversación para mantener en medio de la calle.

Su tono era suave y respetuoso.

–No puedo dejarle pasar. No tengo ni idea de quién es usted. Además, ha reconocido que está aquí gracias a una información que ha obtenido ilegalmente.

Stella se cuadró de hombros y Nicky se agitó en sus brazos.

–Me arrepiento de mi error y quiero enmendarlo.

Sus grandes ojos grises la miraron suplicantes.

Una extraña sensación de ternura se desató en su estómago e intentó ignorarla.

¿Quién era aquel hombre para jugar con sus sentimientos? Por su actitud, debía de estar acostumbrado a que las mujeres cayeran rendidas a sus pies.

Pero era incapaz de cerrar la puerta.

–¿Cómo se llama?

La pregunta del desconocido, hecha con una tierna sonrisa, la pilló desprevenida.

Se quedó pensativa. Si le decía el nombre de Nicky, le daría la oportunidad de llamarlo por su nombre. Pero ¿y si de veras era el donante? Su padre… La sola idea la hacía estremecerse. ¿Tenía derecho a mantenerlo alejado?

–¿Puedo ver algún documento de identidad, por favor?

Un hombre dispuesto a sobornar para conseguir información, era capaz de procurarse una identificación falsa.

Pero necesitaba tiempo para pensar y no se le ocurría otra manera.

Vasco frunció el ceño antes de llevarse la mano al bolsillo trasero y sacar una pinza sujetabilletes, de la que extrajo un permiso de conducir de California.

–Pensé que era de Mont…

¿Qué nombre había dicho?

–Montmajor. Pero viví en Estados Unidos mucho tiempo.

Stella estudió la fotografía. Tenía ante ella una versión algo más joven de su visitante. Vasco

Montoya era el nombre que figuraba en la identificación.

Claro que cualquiera podía hacerse con un permiso de conducir en cualquier esquina, así que eso no probaba nada.

En ningún momento había conocido el nombre del donante, así que seguía sin saber si Vasco Montoya era el hombre por cuyo esperma congelado había pagado.

Había sido todo tan desagradable… Todos se habían reído al contarles cómo pensaba concebir a su hijo, bromeando acerca de la cánula y animándola a que se buscara un hombre. Había preferido evitar esa complicación y había recurrido a la reproducción asistida.

–¿En qué banco de semen hizo la donación?

Quizá se estuviera echando un farol.

Vasco tomó el permiso de conducir de sus manos temblorosas y volvió a guardarlo.

–En el banco criogénico Westlake –dijo.

Ella tragó saliva. Allí era donde había acudido y no se lo había contado a nadie, ni siquiera a su mejor amiga. De esa manera, había pensado que le resultaría más fácil olvidar todo aquel proceso.

Pero ahora, un hombre alto e increíblemente imponente estaba allí, restregándoselo por la cara.

–Sé que no me conoce. Pensé que lo mejor sería venir en persona y presentarme –dijo casi disculpándose–. Siento haberla incomodado y me gustaría que todo esto resultara más sencillo –añadió pasándose la mano por su pelo oscuro–. Ya sabe mi nombre. Tengo una compañía dedicada a la extracción de piedras preciosas, con oficinas y empleados por todo el mundo.

Sacó otra tarjeta y se la ofreció. Ella la tomó entre sus dedos temblorosos, sin dejar de sostener a Nicky en brazos.

*Vasco Montoya, Presidente*
*Compañía catalana de explotación minera*

«Catalana». Aquella palabra la sobresaltó. Una de las razones por las que lo había elegido como donante había sido su orgullo por su origen catalán. Le resultaba exótico y sugerente, y era una cultura con una magnífica historia literaria. Siempre le habían atraído esa clase de cosas.

Y era innegable que tenía los ojos del mismo gris plomizo, con un toque azulado, que su hijo.

—No quiero molestarla, solo quiero conocer a mi hijo. Como madre, estoy seguro de que podrá imaginarse lo que es saber que tiene un hijo en alguna parte y que no lo conoce —dijo mirando emocionado a Nicky—. Una parte de su corazón, de su alma, está ahí fuera por el mundo, sin usted.

Se le encogió el corazón. Sus palabras la emocionaron. ¿Cómo podía negar el derecho de su hijo a conocer a su padre?

La actitud de Vasco se había dulcificado, al igual que sus palabras. Su instinto maternal ya no la urgía a echarlo de allí. En vez de eso, sentía la necesidad de ayudarlo.

–Será mejor que entre.

Vasco cerró la puerta y siguió a Stella por el pasillo hasta un luminoso salón lleno de juguetes esparcidos por el suelo y el gran sofá beige.

Una mezcla de extraños sentimientos y emociones tensaban sus músculos. Había ido hasta allí movido por un sentido del deber, ansioso por atar un cabo suelto y evitar en el futuro problemas de sucesión.

Se había preguntado cuánto dinero tendría que ofrecerle para que le diera al niño. Todo el mundo tenía un precio, por alto que fuera, y estaba convencido de que él podía procurarle al pequeño una buena vida en un entorno lleno de amor.

Entonces, se había encontrado con aquellos enormes ojos grises llenos de inocencia infantil. Algo había explotado en su interior en aquel instante. Aquel era su hijo y enseguida había sentido una fuerte conexión con él. La mujer había vuelto a dejarlo en el suelo y el pequeño se había acercado gateando hasta él. Bajo la atenta mirada de su madre, el bebé había vuelto a aferrarse a su dedo, haciendo que se le encogiera el corazón.

–¿Cómo se llama?

Stella no había llegado a contestar la pregunta.

–Nicholas Alexander. Le llamo Nicky.

Pronunció las palabras lentamente, todavía reacia a que invadiera su intimidad.

–Hola, Nicky –dijo sin poder evitar sonreír.

–Hola –contestó el pequeño mostrando sus primeros dientes.

–Ha dicho hola –exclamó Stella emocionada–. ¡Ha dicho una palabra!

–Pues claro, está saludando a su padre.

El pecho se le ensanchó de orgullo, aunque su único mérito era haberle transmitido la mitad del ADN. Se avergonzó de haber entregado algo tan preciado como la semilla de la vida por un puñado de dólares.

Miró a Stella. Diez años atrás, había tenido sus motivos para donar su semen, pero ¿qué la había llevado a ella a comprarlo? En sus primeras indagaciones, había descubierto que Stella Greco trabajaba en la biblioteca de una universidad restaurando libros. Esperaba dar con una solterona madura y desgarbada. Sin embargo, se había llevado una sorpresa.

Era una mujer demasiado guapa para haber tenido que recurrir a un banco de semen. Tenía el pelo castaño dorado y lucía una melena corta. Las pecas salpicaban su nariz y sus ojos color avellana eran grandes y despiertos. Tal vez su marido fuera estéril.

Miró su mano y le agradó descubrir que no llevaba alianza. Mejor que no hubiera otra persona.

–Tiene que irse a vivir a Montmajor con Nicky.

En aquel instante, le pareció que no tenía sen-

12

tido ofrecerle dinero por el niño. Si había conectado tan rápidamente con alguien de su misma sangre, era imposible que el vínculo maternal pudiera romperse a cambio del frío metal.

—No vamos a ir a ninguna parte —dijo Stella, rodeándose con los brazos.

El salón era pequeño, pero acogedor. No le sobraba el dinero. Podía adivinarlo por la sencillez de los muebles y el coche azul que tenía aparcado fuera.

—Tendrá un hogar confortable en el palacio real y no le faltará de nada.

El palacio que amaba con toda su alma y del que en una ocasión había sido cruelmente expulsado, era el lugar perfecto. En cuanto lo viera se daría cuenta.

—Me gusta California, gracias. Tengo un buen trabajo en la universidad restaurando libros antiguos y estoy a gusto en mi casa. Los colegios de la zona son excelentes y es un barrio muy agradable y seguro para que Nicky crezca. Créame, me informé bien antes de mudarme.

Vasco miró a su alrededor. Sí, la casa era agradable, pero el ruido del tráfico rompía la calma y California estaba llena de muchas tentaciones para una persona joven.

—Nicky estará mucho mejor en Montmajor, rodeado de montañas y aire puro. Tendrá los mejores profesores.

—Vamos a quedarnos aquí y no hay más que hablar —afirmó Stella, y se cruzó de brazos.

No era alta, pero tenía un aire de autoridad y

determinación que lo intrigaba. Era evidente que no estaba dispuesta a alterar sus planes.

Por suerte, tenía mucha experiencia en negociaciones y rara vez fracasaba. Podía ofrecerle incentivos económicos y otras tentaciones a los que no podría resistirse. Aunque no tuviera precio en términos estrictamente económicos, todo el mundo tenía sus sueños y, si daba con ellos, podría persuadirla.

También podía intentar seducirla, algo que le resultaba apetecible después de haberla conocido. La seducción tenía el beneficio de la intimidad inmediata y del disfrute sin límite. Sin duda alguna, era algo a tener en cuenta.

Pero no era el momento adecuado. Su aparición la había desconcertado y tenía que darle la oportunidad de digerir la idea de que el padre de su hijo iba a involucrarse en su vida. Esperaría uno o dos días y después regresaría para conquistarla y convencerla de su plan.

–Me despido por ahora –dijo inclinando ligeramente la cabeza–. Por favor, busque información sobre mí –añadió señalando la tarjeta que sostenía en la mano–. Comprobará que todo lo que le he contado es cierto.

Ella frunció el ceño y se le arrugó la nariz. Parecía sorprendida de que fuera a marcharse sin llegar a un acuerdo.

–Está bien.

–Ya seguiremos hablando del asunto.

–Claro –dijo Stella, y se pasó un mechón de pelo por detrás de la oreja.

Seguramente, esa noche cerraría muy bien puertas y ventanas. Tenía que admitir que parecía una madre muy buena y protectora para su hijo.

El pequeño Nicky se sentó en el suelo, concentrado en meter unos anillos de plástico en una barra de plástico. Vasco estaba emocionado de haber encontrado a aquel niño, sangre de su sangre.

—Encantado de conocerte, Nicky.

El pequeño alzó la mirada al oír su nombre.

—*Ajo*.

Vasco sonrió y Nicky le devolvió la sonrisa. Luego, miró a Stella.

—Es maravilloso.

—Lo sé —dijo ella sin poder evitar sonreír—. Es lo más preciado que tengo en el mundo.

—Lo sé, créame. Y lo respeto.

Por eso era por lo que quería llevarse a Stella a Montmajor con Nicky. Un niño debía estar con su madre y con su padre.

Al encender el motor de su moto, se congratuló por aquel primer encuentro con la madre de su hijo. Había empezado intentando echarlo de allí y había acabado dándole su número de teléfono.

Aceleró y subió por la colina en dirección a la autopista de Santa Mónica. Había sido un comienzo muy prometedor.

*\*\*\**

Stella cerró con llave la puerta nada más marcharse Vasco. Quería dejar escapar un suspiro de alivio, pero no podía. Aquello no había terminado.

Nunca terminaría.

El padre de su hijo, al que nunca había necesitado ni deseado, había irrumpido en sus vidas. Lo mejor que podía pasarle era que volviera de donde venía, Montmajor, un lugar del que nunca había oído hablar, y que los dejara en paz.

Quería creer que era un impostor y que su país era producto de una imaginación muy activa. Parecía sacado de una película de Hollywood, con su cazadora de cuero, sus vaqueros desgastados y sus botas de piel.

No tenía el aspecto de un rey, a no ser que fuera del Rey de la Carretera, especialmente después de verle subir a una gran moto negra delante de su casa. ¿Qué clase de rey iba en moto?

Quizá fuera una broma o alguna clase de locura. California estaba llena de desequilibrados.

Fuera quien fuese, algo le decía que era el padre de Nicky. Tenía el pelo oscuro, casi negro, y la piel bronceada por el sol, pero sin duda alguna, sus ojos eran los de Nicky. De un intenso gris, había sorprendido a las enfermeras del hospital, quienes habían insistido en que un bebé rubio debía tener los ojos azules. Nunca cambiaban de color y a través de ellos adivinaba su estado de ánimo.

Los ojos de Vasco transmitían desconfianza, mientras que los de Nicky todavía tenían la inocencia de la infancia. Vasco Montoya era el padre de Nicky.

Colocó al pequeño en su trona con un puñado de cereales y un zumo de manzana.

Odiaba haber tenido aquella conversación delante de él. ¿Hasta dónde podía comprender un bebé de un año? Solo porque todavía no hablara, no significaba que no pudiera entender, al menos en parte, lo que estaba pasando.

# *Capítulo Dos*

Un débil rayo de sol se filtraba por las cortinas de la oficina de atención al cliente del banco criogénico Westlake. Stella reparó en cómo la luz llegaba hasta la mujer que había detrás del escritorio. ¿El dedo acusador?

Habían pasado tres días desde que Vasco Montoya había aparecido en su vida y no había vuelto a saber nada de él. Quizá todo había sido un sueño, o más bien una pesadilla, y no pasara nada más. Había estado ocupada valorando todas las posibilidades y se había pasado horas en Internet leyendo las experiencias de otras personas acerca de padres ausentes que habían reaparecido en sus vidas. Había considerado todas las posibilidades y problemas que podían surgir, pero ahora él había desaparecido.

Aun así, tenía que saber qué terreno pisaba.

—Ya se lo he dicho, señora, garantizamos la confidencialidad a todos nuestros clientes —dijo la mujer en tono formal.

—Entonces, ¿cómo explica la visita de ese hombre a mi casa?

Sacó la página de Internet que había impreso acerca de minas de zafiros. Era una entrevista con Vasco Montoya, presidente de la industria minera catalana y, como le había dicho, rey de la nación de Montmajor. Al parecer, había transformado su pequeña empresa de Colombia en una entidad internacional con millones en activos. En la foto llevaba un traje de rayas y mostraba una expresión amable. ¿Por qué no iba a ser así? Era un hombre que lo tenía todo.

Excepto a su hijo.

La mujer tragó saliva y luego forzó una sonrisa.

«Ha sido ella, lo intuyo. Seguramente la sedujo para conseguirlo».

—Sabe dónde vivo y que usé su esperma. Quiere que nos vayamos a vivir con él a su país. ¿Cuánto le ha pagado?

—Es imposible que haya obtenido esa información aquí. Todos los expedientes se guardan lejos de aquí, en un lugar seguro.

—Estoy segura de que también están digitalizados.

—Naturalmente, pero…

—No quiero oír «peros». Me dijo que pagó por la información, así que tienen algún fallo en la seguridad.

—Tomamos precauciones y contamos con asesoramiento legal —dijo la empleada deslizando una amenaza velada en sus palabras.

¿Acaso esperaban que los demandara? Eso no ayudaría en nada.

Se acomodó en la silla de plástico y pensó en Nicky, que estaba en la guardería de la universidad.

–Supongo que lo que de veras quiero saber es... ¿Tiene derechos o renunció a ellos cuando donó su semen?

–Los donantes renuncian a todos los derechos. No forman parte de la vida del niño ni son responsables de su mantenimiento.

–Así que, legalmente, ese hombre no es el padre de mi hijo.

–Así es.

Aquello la alivió.

–¿Ha nacido algún otro niño de su semen?

–Esa información es confidencial –declaró la mujer sonriendo de nuevo con frialdad–. Pero puedo decirle que el señor Montoya ha retirado sus muestras del banco criogénico Westlake.

–¿Por qué? ¿Cuándo lo ha hecho?

–Justo la semana pasada. No es extraño que se produzcan cambios en la vida de los donantes, por ejemplo, al casarse, y decidan dejar nuestra base de datos.

–Pero ¿cómo descubrió mi identidad?

Debbie English escribió algo en su teclado y luego se apoyó en el respaldo de su silla.

–De acuerdo, no veo inconveniente en decirle que usted es la única que ha utilizado su muestra.

–Así que si accedió indebidamente a su base de datos...

–Imposible.

–¿Por qué he sido la única en usar su muestra después de diez años?

–Tenemos una base de datos muy amplia, más

de treinta mil donantes. De un rápido vistazo a su expediente, veo que no es americano y que escribió a mano que era de procedencia catalana, en vez de marcar la casilla de otras culturas. Esas cosas pueden echar para atrás a las pacientes. Aconsejamos a los donantes que…

Debbie English continuó y Stella recordó los nervios que había pasado en su primera visita al banco criogénico Westlake.

Tenía la misma sensación. Su procedencia catalana era lo que le había atraído. Era una cultura única, interesante y romántica, mezcla entre lo francés y lo español, con su propia lengua y costumbres, con profundas raíces en un origen variopinto.

Al igual que Vasco Montoya.

*Crisis financiera en la universidad Pacific después de los recortes estatales.*

Al pasar junto a un puesto de prensa de camino a la biblioteca, aquel titular llamó la atención de Stella. Alterada tras la visita al banco criogénico, tuvo que detenerse y leerlo tres veces. Trabajaba en la universidad Pacific. Compró el periódico y leyó el artículo acerca del recorte presupuestario del cincuenta por ciento en la pequeña universidad de Artes Liberales. El rector decía que pensaba reclamar y que, aunque iba a recaudar fondos del sector privado, había programas que iban a tener que desaparecer.

Al llegar a su despacho, encontró un mensaje en su teléfono pidiéndole que acudiera a Recursos Humanos tan pronto como le fuera posible. Se sentó en su silla y se le aceleró la respiración.

Unos golpes en la puerta la sobresaltaron y casi esperaba ver a Vasco Montoya aparecer por la puerta.

—Adelante.

—Hola, Stella. Solo quiero que sepas lo mucho que lo siento.

Era Roger Dales, decano del departamento de Bellas Artes, su jefe.

—¿Qué quieres decir con que lo sientes?

—¿No has hablado con Recursos Humanos? —preguntó sorprendido.

—He tenido… una reunión fuera esta mañana. Acabo de llegar. He visto un artículo sobre recortes financieros, pero no he tenido tiempo… —dijo y se detuvo con un mal presentimiento—. ¿Estoy despedida?

Roger entró en el despacho con un ligero olor a humo de pipa en la chaqueta, y cerró la puerta.

—Nos hemos quedado sin recursos para libros y archivos. Es una noticia devastadora para todos —declaró con tristeza—. Me temo que prescinden de tu puesto.

Un puñado de palabras se agolparon en sus labios, pero no podía decírselas al decano de una facultad. Una incómoda sensación de pánico se adueñó de su estómago.

—Como te dirá Recursos Humanos, recibirás la paga de dos semanas y mantendrás los benefi-

cios hasta final de mes. Siento que la indemniza-
ción por despido no pueda ser mejor, pero con
la actual situación financiera...

Sus palabras continuaron, pero el cerebro de
Stella dejó de registrarlas. ¿El sueldo de dos semanas? Tenía algunos ahorros, pero no los suficientes para que le duraran más de seis meses,
eso si no tenía problemas de salud o alguna ave-
ría en el coche.

—Si hay algo que pueda hacer, por favor, no
dudes en llamarme.

—¿Conoces a alguien que necesite una restauradora de libros raros?

—Quizá puedas intentarlo en bibliotecas privadas.

—Claro, lo intentaré.

También se quedaría sin la guardería de la
universidad y tendría que pagar a alguien para
que cuidara de Nicky.

Desencajada a la vez que confundida, abrió la
puerta y salió de su despacho. ¿Cómo era posible
que su vida se estuviera desmoronando tan deprisa?

Stella pasó los siguientes tres días enviando cu-
rrículums a todas las bibliotecas privadas, univer-
sitarias y de museos que encontró por Internet.
Cuando una de Kalamazoo, Michigan, le propu-
so una entrevista, se dio cuenta de que solicitar
un empleo con un niño tan pequeño era todo un
reto. No podría llevarlo con ella y era demasiado

pequeño para dejarlo con alguna de sus amigas más cercanas. Su madre había muerto tres años atrás en un accidente esquiando, y se había quedado sin familia cercana.

–Quizá debería llamar a Vasco y decirle que necesito que haga de canguro –bromeó en el teléfono con su amiga Karen.

–Esa sería una forma de deshacerte de él. Por experiencia sé que los hombres pierden interés en todo lo que tenga que ver con cambiar pañales.

–¿Por qué no se me ocurrió antes? Debería haberle invitado y haberle dejado con Nicky después de que hiciera caca.

–¿Ha llamado?

–No.

Stella frunció el ceño. Habían pasado varios días sin que supiera nada de él y estaba empezando a enfadarse. ¿Quién se creía que era para meterse en su vida y en la de Nicky y esgrimir sus derechos para después desaparecer sin dejar rastro?

–Vaya. Parecía demasiado bueno para ser verdad. Alto, moreno, guapo, vestido de cuero y encima rey.

–Créeme, nada de eso me impresiona.

–Sí, lo sé. Prefieres a los pelirrojos indeseables.

–Trevor era castaño, no pelirrojo.

–Da igual, cariño. ¿Has salido con alguien desde que cortasteis?

–No tengo tiempo para salir con nadie. Estoy muy ocupada con Nicky.

Y hasta hacía dos días, habría dicho que con el trabajo también. Después de pasar por Recursos Humanos, le habían dicho muy amablemente que recogiera sus cosas.

–Han pasado casi tres años, Stella.

–No me interesa. Tengo una vida llena y lo último que necesito es que un hombre la altere.

–El hombre perfecto aparecerá. Solo espero que no estés tan ocupada dándole con la puerta en las narices que no lo reconozcas. Escucha, míralo de esta manera: Vasco quiere que te vayas a vivir a su país. Es un gran cambio en comparación con Trevor, que no se sentía preparado para vivir contigo después de ocho años juntos.

–Vasco quiere que Nicky se vaya a vivir a su país. Yo no le importo en absoluto. Además, no ha llamado. Tal vez no vuelva a saber nada de él.

Era sorprendente cómo se le había grabado su cara en la cabeza. No dejaba de ver sus ojos plomizos clavados en ella.

–Ya verás como llama. Tengo ese presentimiento –dijo Karen riendo–. La pregunta es: ¿qué vas a decirle?

Stella contuvo la respiración.

–Si quiere, dejaré que pase tiempo con Nicky para que se conozcan. Creo que será bueno para Nicky relacionarse con su padre.

–¿No tienes miedo de que tome el mando de la situación y te diga lo que tienes que hacer?

–No puede, no le ampara ningún derecho. Podría decirle que se marchara en cualquier momento.

–No parece la clase de hombre que acataría órdenes. Pero escucha: un europeo de la realeza seguramente tiene una enorme colección de libros viejos que necesita restaurar. Quizá encuentres trabajo a través de él.

–Oh, déjalo. La búsqueda de empleo está siendo un desastre. Todo está muy lejos y los sueldos son deprimentes. Apenas llega para pagar pañales, por no mencionar costear nuestros gastos. Espera, hay alguien en la puerta.

La campanilla sonó y se adivinaba una gran silueta al otro lado de la puerta de cristal opaco.

Se le encogió el estómago. Aunque apenas podía ver por el cristal, estaba segura de que Vasco Montoya se hallaba al otro lado de la puerta.

# *Capítulo Tres*

Stella se despidió de Karen y se guardó el teléfono en el bolsillo. Por el pasillo, de camino a la puerta, se atusó el pelo. ¡Qué ridículo! Aun así, debía ser civilizada puesto que había decidido que, si era el padre de Nicky, por conciencia no podía mantenerlo completamente alejado de la vida del pequeño.

Siempre había deseado formar parte de la clase de familia que se veía en la televisión, con unos padres sonrientes que adoraban a sus hijos. En vez de eso, había tenido un padre que había desaparecido siendo ella un bebé y del que nunca había vuelto a saber. Le había quedado un vacío en su vida y había albergado la pequeña esperanza de que se acordara de ella y volviera a buscarla. Incluso había intentado encontrarlo tras la inesperada muerte de su madre, hasta que sus amigos la convencieron de que podía depararle más quebraderos de cabeza que el cariño y el afecto que buscaba. Le habían dicho que era muy buena por intentar agradar, pero que tenía demasiada confianza en que todo saliera bien, algo que no siempre era posible.

Pero no se había dado por vencida, razón por la cual era incapaz de apartar a Vasco Montoya sin al menos intentar saber la verdad. En el fondo, solo quería que todo el mundo fuese feliz.

Abrió la puerta y lo encontró allí, más alto y más guapo de lo que recordaba, con los brazos cargados de regalos y un gran ramo de flores.

–Hola, Stella –dijo esbozando una sonrisa traviesa.

–Hola, Vasco. Por favor, pase.

Por suerte, parecía más tranquila de lo que se sentía. ¿Qué había en todos aquellos paquetes?

–Esto es para usted.

Sus ojos grises se encontraron con los suyos al entregarle el ramo de flores. Le dio un vuelco el corazón y apartó la mirada antes de volverse hacia el pasillo.

El ramo era precioso, una mezcla de flores silvestres y lilas exóticas.

–Las pondré en agua.

–¿Dónde está Nicky?

–Está arriba durmiendo la siesta. Ya no tardará en despertarse.

No quería romper la rutina de su hijo por una visita inesperada.

–Está bien, así tendremos oportunidad de hablar.

Stella llenó de agua un florero de cristal verde y metió las flores dentro. Más tarde cortaría los tallos y las arreglaría. En aquel momento, le temblaban demasiado las manos para hacerlo.

–¿Le apetece un té?

No se imaginaba a Vasco Montoya tomando té, más bien ron.

Él sonrió como si también le resultase divertida la idea.

–No, gracias –dijo, y dejó los paquetes encima de la mesa de la cocina–. Esto también es para usted –añadió tomando una pequeña caja envuelta en papel rojo con un lazo blanco.

Stella tomó el regalo y se dio cuenta de que estaba frunciendo el ceño. Era evidente que estaba intentando ganarse su simpatía, lo cual le incomodaba.

–No debería haberse molestado.

–He hecho algunas cosas que no debería –dijo él con expresión divertida–. Estoy intentando enmendarlo. Le agradezco que me dé la oportunidad.

Ella se relajó un poco, más por su expresión que por sus palabras.

–¿Lo abro ahora?

–Por favor.

Vasco se sentó en una silla de la cocina. Parecía relajado, a pesar de la extraña situación.

Sus manos temblaron al tirar del lazo y apartó con cuidado el papel de envolver. Era incapaz de romper papel. Al descubierto quedó la cubierta negra de un libro con un dibujo abstracto. Abrió los ojos como platos al comprobar que sostenía entre las manos una primera edición de 1957 del clásico de Jack Kerouac, de la Generación Beat, *En el camino*.

–Sé que le gustan los libros.

–¿De dónde lo ha sacado?

Esa edición debía de costar unos diez mil dólares, probablemente más, teniendo en cuenta el buen estado en el que se hallaba.

—De un amigo.

—No puedo aceptarlo. Es demasiado valioso.

Aun así, no pudo evitar darle la vuelta y mirar su interior. Las páginas estaban en tan buenas condiciones que debía de haber estado en una caja durante más de cincuenta años.

—Insisto en que se lo quede. Me gusta dar con el regalo perfecto.

Ella se quedó mirándolo. ¿Cómo sabía que le gustaba esa época, tanto en literatura como en música y arte, y que su vida giraba en torno a libros poco conocidos?

Su sonrisa delataba que sabía que había dado en el clavo.

—Sé que restaura libros, así que tenía que regalarle uno en perfectas condiciones o sería darle trabajo.

Le salían hoyuelos en las mejillas y en la barbilla al sonreír.

—¿Cómo sabe a lo que me dedico?

—He buscado su nombre en Google —contestó él encogiéndose de hombros.

—Vaya.

Ella había hecho lo mismo, descubriendo que no solo era rey de un diminuto país en los Pirineos sino también que había amasado una enorme fortuna en la minería a lo largo de los últimos diez años. Al menos, podía permitirse el regalo.

Le dolía tocar la cubierta. Sabía cómo cada

huella podía deteriorar los materiales y el papel. Claro que, ¿qué sentido tenía un libro más que tocarlo y disfrutarlo?

–Gracias.

Seguía habiendo un montón de preguntas sin respuesta, la mayoría de ellas difíciles de plantear y más aún de responder.

–¿Estaría dispuesto a someterse a una prueba de paternidad?

–Por supuesto.

Por alguna razón había pensado que se negaría.

–He preguntado en un laboratorio cercano y me han dicho que usted y Nicky tendrán que ir para que tomen unas muestras de los carrillos.

–Estoy dispuesto –dijo muy serio.

–¿Por qué donó su esperma?

Por una vez, parecía estar incómodo. Se echó hacia delante, frunció el ceño y se pasó una mano por el pelo.

–Es complicado. En parte tuvo que ver con estar lejos del país y de la familia que lo eran todo para mí, y encontrarme aquí solo, en la tierra de las oportunidades sin ni siquiera cincuenta dólares a mi nombre. Ninguna proeza, ¿verdad?

Ella se encogió de hombros. Su sinceridad le había gustado.

–Supongo que los problemas económicos son un motivo muy frecuente. La mayoría de los donantes son universitarios. Supongo que es una manera sencilla de ganar un dinero.

–Claro, hasta que uno madura y se da cuenta de las consecuencias.

31

–Su donación me ha dado la mayor alegría de mi vida.

Él ladeó la cabeza, pensativo.

–Tiene razón. Nicky estaba destinado a nacer. Pero es extraño encontrarse en una situación así –dijo con una sonrisa en la mirada.

Stella sintió un estremecimiento. Quería que dejara de mirarla de aquella manera, como si hubiera encontrado a la mujer de sus sueños.

–He pensado que Nicky y usted deberían conocer Montmajor. Así podrá decidir si le gusta para vivir.

Por la seguridad con la que se comportaba, parecía convencido de cuál sería la decisión.

Ante las malas previsiones de la economía de California en aquel momento, contuvo el impulso de decir que no.

–Parece una buena idea.

Sorprendido, él abrió los ojos como platos. Al parecer, esperaba encontrar cierta resistencia.

–Fantástico. Reservaré los vuelos. ¿Es demasiado pronto la semana que viene?

¿Debería fingir que necesitaba pedir vacaciones en el trabajo o sabría ya que lo había perdido? No quería parecer demasiado complaciente.

–Permítame comprobar que no tengo nada para esas fechas.

Se levantó y se fue al salón, donde fingió releer su agenda, completamente vacía. Al volver a la cocina, Vasco la miró de arriba abajo de un modo que resultaba a la vez insolente y excitante, y contuvo la respiración.

–A partir del miércoles está bien. ¿Cuánto tiempo quiere que estemos?

–Lo ideal sería para siempre, pero empecemos por un mes.

–Me temo que no puedo faltar un mes al trabajo.

O, más bien, a tratar de encontrar uno. Aunque él lo pagara todo en su país, necesitaba encontrar algo para cuando volvieran.

–Sé que ha perdido el trabajo de la universidad.

–¿Cómo se ha enterado?

No pudo evitar preguntarse si estaría él detrás.

–Llamé para saber si le habían afectado los recortes. Lo siento.

–Yo también –dijo ella ruborizándose–. No quiero que haya grandes vacíos en mi currículum.

Así que no tenía nada que ver con él, sino con la crisis de la economía. Toda aquella tensión la estaba volviendo paranoica.

–No se preocupe –dijo él echándose hacia delante–. La biblioteca del palacio tiene miles de libros, algunos tan antiguos que fueron escritos a mano por monjes. Tengo entendido que llevan generaciones sin restaurarse, así que, si fuera tan amable de dedicarles su atención, estará ocupada.

Era curioso cómo su discurso podía volverse tan formal.

–Parece interesante –repuso ella tratando de contener la emoción.

Era el sueño de todo restaurador de libros. Las bibliotecas antiguas contenían joyas que muchas veces nadie sabía que existían. No pudo evitar imaginarse manuscritos medievales y elegantes ediciones de, por ejemplo, la *Divina comedia* de Dante.

–Será bien recompensada. No estoy familiarizado con su campo, así que puede poner su propia tarifa. Cualquier cosa que necesite se le facilitará.

–Llevaré mis propios instrumentos –dijo Stella rápidamente, pero enseguida se dio cuenta de que parecía demasiado entusiasmada–. En un mes tendré tiempo para valorar el estado de la colección y planificar la reparación de los volúmenes que más lo necesiten.

–Excelente –repuso él, y sus hoyuelos se hicieron más evidentes.

Vasco llevaba vaqueros desgastados y botas negras, con una americana y una camisa blanca. Parecía recién sacado de las páginas de una revista. Stella se sintió cohibida con sus pantalones de yoga y su camiseta llena de manchas de comida de bebé, y evitó mirarse.

Además, un par de ojos sobre su cuerpo ya era suficiente. Le ardía la piel bajo la mirada de Vasco. ¿Estaba intentando seducirla? Había perdido la práctica y no era capaz de saberlo. Trevor solía burlarse de los detalles románticos y de los juegos de seducción, y había llegado a considerarlos como actos pueriles.

Pero la manera en que Vasco la estaba mirando en aquel momento era todo menos pueril.

–¿Un vaso de agua?

No supo qué otra cosa decir y el ambiente que se había creado en la habitación estaba empezando a ser incómodo.

–¿Por qué no? –dijo él arqueando una ceja.

Se entretuvo llenando un vaso de agua y sintió alivio al oír la voz de Nicky.

–Ya está despierto.

Al menos, ya no estaría sola con Vasco y aquellos penetrantes ojos grises tendrían a alguien más a quien mirar.

–¿Por qué no espera aquí?

No quería que subiera a su espacio privado y supiera dónde estaba la cuna de Nicky. Tampoco le gustaba demasiado que se quedara solo en la cocina, no porque tuviera un mal presentimiento, sino porque era demasiado pronto para tanta familiaridad.

Había accedido a visitar su país durante un mes, lo que le hacía tener la extraña sensación de que se estaba dejando llevar por el destino. Al menos por el momento, quería mantener los pies sobre la tierra.

Vasco seguía de pie al salir de la habitación, seguramente dispuesto a revisar el correo que tenía desparramado por la encimera o a echar un vistazo a su nevera. Sacó a Nicky de la cuna y se dio prisa en bajar.

La expresión que vio en el rostro de Vasco al ver a Nicky, casi hizo que se le derritiera el corazón. La ternura y la emoción suavizaron sus duras facciones. Por un lado, deseaba estrechar a

Nicky contra su pecho y protegerlo de aquel extraño que estaba dispuesto a quererlo tanto como ella. Por otro, quería dejarlo en brazos de Vasco para que pudiera disfrutar de la misma felicidad que ella había conocido desde que llegara a su vida.

Dejó a Nicky en el suelo y enseguida se puso a gatear.

–Creo que lleva un rato despierto. Está muy despejado.

–Quizá ha estado escuchando nuestra conversación.

Vasco no dejaba de mirar a Nicky. Al parecer, estando el niño en la habitación, ella había dejado de parecerle fascinante.

Stella sintió que se le encogía el corazón. Había accedido a viajar a Montmajor con Nicky.

–¿Nos quedaremos en un hotel durante nuestra estancia?

–El palacio real tiene mucho espacio. Tendrán su propia suite, incluso su propia ala si lo prefiere, y mucha intimidad.

Un palacio. No había pensado en aquello. Un palacio real donde Nicky podía ser el heredero al trono. La idea le causaba náuseas, además del olor del pañal del pequeño.

–Tengo que cambiarlo.

La idea de Karen de pedirle a Vasco que le cambiara el pañal se le pasó por la cabeza, pero enseguida la descartó. No quería que Vasco asumiera tareas paternales, al menos hasta que la prueba de ADN demostrara que era el padre de Nicky.

Sospechaba que estaría dispuesto a hacer eso y cualquier otra cosa con la que lo desafiara.

Vasco la siguió al comedor, en donde tenía un cambiador.

–¿Cuándo dejan de llevar esas cosas?

–Depende. En nuestra época, nuestras madres ya nos habrían quitado los pañales. Hoy en día, es habitual que los niños los lleven hasta los tres o cuatro años. Todo el mundo tiene una teoría sobre qué es lo correcto.

Vasco parecía la clase de persona que dejaría que su hijo fuera por ahí desnudo, descubriendo cosas a la vieja usanza. Probablemente, ella misma lo habría hecho si no viviera en una casa que hacía esquina en una calle concurrida, a la vista de medio vecindario.

Aquel pensamiento le recordó lo poco que sabía de Vasco y de su vida en Montmajor. Había visto en Internet muchas fotografías de él con diferentes mujeres, pero apenas había información de su vida privada.

–¿Está casado?

Él se rio.

–No.

–¿Por qué no?

Era una pregunta atrevida, pero no pudo evitar hacerla. De unos treinta años, Vasco Montoya era rico, guapo y perteneciente a una familia real, y debía de tener un montón de mujeres a sus pies.

El sonido de su risa hizo que se le formara un nudo en el estómago.

–Quizá porque no soy de los que se casan. ¿Qué me dice de usted? ¿Por qué no está casada?

Sus preguntas la hicieron ruborizarse.

–Quizá porque yo tampoco tengo interés en casarme.

Era difícil mostrarse fría y distante mientras cambiaba el pañal.

–Pues parece lo contrario –comentó él con voz suave y sugerente.

–Si alguna vez encuentro al hombre perfecto, tal vez me case. Estuve comprometida durante mucho tiempo, pero acabé convencida de que estaba mejor sola.

Probablemente seguiría prometida con Trevor, sin hijos y viviendo sola, si no hubiera roto con él.

–Veo que es independiente, que no necesita que un hombre cuide de usted. Eso me gusta.

La repentina evaporación de sus ingresos y de las perspectivas de su carrera la habían hecho sentir vértigo. Tenía que buscar la forma de mantener a su hijo.

Abrochó el peto del niño, lo dejó en su alfombra y dejó que se alejara gateando. Vasco y ella se quedaron mirando cómo salía del comedor y volvía a la cocina.

–¿Qué eso?

La voz del niño los alertó de que había descubierto los regalos que Vasco había llevado.

–¿Puede abrirlos? –preguntó Stella?

–Para eso son.

Lo siguieron hasta la cocina, donde el pequeño ya estaba abriendo una gran caja con un juego de trenes que debía de costar tanto como su libro. Enseguida, Nicky se llevó la esquina de la caja a la boca.

Vasco se rio.

—He comprado el mejor juego de trenes que he encontrado.

—Le va a encantar —dijo Stella tomando la caja—. Deja que te lo abra, cariño.

Nicky tomó la siguiente caja azul.

—Me he perdido su primer cumpleaños.

Vasco se encogió de hombros, mientras observaba feliz cómo Nicky abría el regalo, un set de construcciones de piezas de madera.

—Se le da bien elegir los regalos adecuados según la edad.

Estaba tranquila de que nada entrañara peligro de asfixia.

—Se me da bien preguntar y seguir consejos.

Su mirada se encontró con la suya y sintió un escalofrío en la espalda. De nuevo, su voz había sonado muy sugerente.

Se había quitado la chaqueta y se sorprendió al descubrir que los vaqueros marcaban su bien formado trasero de una manera muy sexy. Cada vez que lo miraba, algo en ella se encendía como las luces de Navidad, algo que no era apropiado teniendo en cuenta la situación.

Tal vez Karen tenía razón y necesitaba un poco de romanticismo, o al menos de sexo, en su vida.

Pero no con Vasco. Teniendo en cuenta que

era el padre de su hijo, sería demasiado imprudente. Además, era muy improbable que un elegante soltero miembro de una familia real se interesara en una restauradora de libros desaliñada.

El tercer regalo, envuelto en papel verde, resultó ser un dinosaurio de peluche morado.

—No sabía qué clase de juguetes le gustaban, así que he comprado un poco de todo.

—Muy previsor.

Stella quitó el plástico del paquete de los trenes y dejó algunos vagones en el suelo. Nicky los arrastró por la brillante madera.

—Este es todo un acierto.

Vasco montó las vías y ayudó a Nicky a deslizar el tren por ellas.

Stella los observaba con una mezcla de alegría y terror. Nicky se sentía a gusto con Vasco. Por la expresión de curiosidad de sus enormes ojos grises, adivinaba que le gustaba tener a aquel hombre corpulento en la cocina. De momento, Vasco parecía atento y cariñoso. Le había preocupado que Nicky no tuviera un padre, especialmente cuando necesitara orientación masculina al hacerse mayor.

La aparición de Vasco implicaba un montón de emocionantes posibilidades para el niño, y otras preocupantes. ¿Se convertiría Nicky en rey de Montmajor algún día?

Lo mejor sería que confirmara que Vasco era el padre biológico de Nicky antes de que las cosas fueran más lejos.

—Tengo que sacar a Nicky y hacer unos recados. ¿Qué tal si paramos en el laboratorio y dejamos las muestras de ADN?

¿Estaría dispuesto a ir con ella? De esa manera estaría segura de que no sobornaría a alguien para obtener los resultados que quería.

Vasco se puso de pie y entornó los ojos. Por un momento, pensó que iba a decir que no o a poner una excusa. Las dudas la asaltaron. ¿Quién era aquel hombre al que había permitido jugar con su hijo y con el que había prometido convivir durante todo un mes?

Entonces, él asintió.

—Claro, vamos.


Las pruebas de ADN llegaron tres días más tarde y confirmaron lo que Vasco había sabido desde el primer momento en que había visto a Nicky, que el niño tenía su misma sangre.

Esa tarde, apareció en su casa cargado con más paquetes. No eran juguetes como la última vez, sino maletas para preparar el viaje. Sabía que Stella andaba justa, por lo que le resultaba más fácil comprarle cosas que darle dinero. Ya lo había rechazado cuando se lo había ofrecido la última vez que se habían visto.

No se había molestado en avisar antes, así que pilló por sorpresa a Stella, que abrió la puerta con unos pantalones cortos de ciclista y una camiseta de tirantes. Al verlo, contuvo la respiración.

—Estaba haciendo ejercicio. Pilates —dijo sonrojándose.

–Con razón tiene tan buen aspecto.

Tenía un cuerpo bonito. Se la veía en forma, sin estar demasiado delgada, y con unos pechos altos y turgentes que invitaban a que los tomara entre sus manos.

Por suerte, tenía las manos ocupadas con las asas de las maletas.

–He traído unas maletas para el viaje y los billetes. Me encargaré de recogerles para ir al aeropuerto.

Stella se quedó boquiabierta.

–Me dijo que podía viajar después del miércoles –continuó Vasco–, así que he comprado billetes para el vuelo del jueves. Hay tiempo más que suficiente para hacer las maletas.

–¿Ha comprado billetes de vuelta? –preguntó ella.

Su voz sonaba algo nerviosa.

–Todavía no porque no sé cuánto tiempo van a quedarse.

Sonrió como si esperara tranquilizarla. Su deseo era que no volvieran, pero era demasiado pronto para decírselo.

–¿Dónde quiere que deje las maletas?

–No sabía que esa marca hiciera maletas –dijo sorprendida.

–Son de buena calidad –explicó él, y decidió entrar para dejarlas–. ¿Dónde está Nicky?

–Durmiendo la siesta.

–Duerme mucho.

–Es normal a esta edad, lo cual viene bien porque es el único momento en que puedo hacer cosas. No puedo apartar los ojos de él ni un instante porque no deja de subirse en el sofá ni de tirar de los cables.

–En Montmajor tendrá tiempo libre. Todas las mujeres del palacio están deseando cuidarlo.

–¿Mujeres? –preguntó ella palideciendo.

–Mujeres de pelo cano –repuso Vasco conteniendo las ganas de reír–. No lo alejarán de usted, tan solo le pellizcarán las mejillas y jugarán con él.

Stella suspiró.

–Nicky tiene la suerte de ser demasiado pequeño para tener preocupaciones.

Quería tomarla entre sus brazos y darle un abrazo tranquilizador, pero en aquel momento sería cualquier cosa menos tranquilizador. Todo su cuerpo se tensaba cada vez que se acercaba a menos de dos metros de ella.

Tendrían tiempo suficiente para intimar una vez llegaran a Montmajor.

–No se preocupe de nada. Me ocuparé de cuidarlos a los dos.

# *Capítulo Cuatro*

El viaje a Montmajor fue toda una aventura. Todo el mundo dio por sentado que eran una familia. En el aeropuerto, a Stella la llamaron «señora Montoya» en un par de ocasiones, a pesar de que su nombre figuraba en el billete y en el pasaporte.

Vasco aprovechó para cargar con Nicky y el bebé parecía muy contento entre sus fuertes brazos. Vasco estaba orgulloso y se ocupó de todo, desde el sobrepeso de las maletas de Stella a perseguir corriendo a Nicky por el aeropuerto. El pequeño había empezado a caminar ese lunes y había hecho grandes progresos en tan poco tiempo.

También estaban las miradas. Todas las mujeres que había en el aeropuerto, desde las adolescentes hasta las limpiadoras de los baños, no dejaban de mirar a Vasco. Su manera de moverse y su buen porte llamaban la atención de las féminas. Llevaba una gabardina larga y oscura y unos pantalones militares verdes con botas negras, por lo que era imposible adivinar por su aspecto que fuera un rey. Su pasaporte era negro y más grande que el de ella, con un llamativo sello, y no pudo evitar preguntarse si sus títulos aparecerían en él.

Aun así, tenía que pasar los controles de seguridad como todos los demás, pero sus billetes VIP les permitían saltarse casi todas las filas y enseguida llegaron al avión.

Stella ignoró las miradas de envidia. No se sentía diferente por ir junto a Vasco. Ninguna de aquellas personas desearía encontrarse en su situación, con un futuro incierto y el cariño de su hijo en juego.

El viaje en avión pasó deprisa. Nicky se sentó en medio de los dos, en los amplios asientos de primera clase. Ambos se ocuparon de entretenerlo y de guardar silencio cuando se durmió, así que no se vieron obligados a conversar.

Un pequeño avión privado los esperaba en el aeropuerto de Barcelona para completar el resto del viaje hasta Montmajor.

De repente, todo se volvió diferente. Unos hombres vestidos de negro con intercomunicadores los acompañaron hasta el avión privado, cuyo interior parecía un salón con butacas de cuero morado y un bar surtido. Excepto al despegar y aterrizar, Nicky pudo corretear por la cabina ante la tierna sonrisa de Vasco.

Stella se sentía parte del decorado. Estaba en el mundo de Vasco y no sabía muy bien cuál era su sitio allí.

Una vez que aterrizaron, una limusina negra los llevó desde el aeropuerto hasta un imponente castillo de piedra, con una amplia entrada en forma de arco. Largos pasillos de columnas rodeaban el patio pavimentado.

De todas direcciones apareció gente para darles la bienvenida. Vasco la rodeó con el brazo y la presentó en lo que debía de ser catalán. Su actitud posesiva hizo que sintiera que el estómago le daba un vuelco.

¿Acaso quería que pensaran que eran pareja? Su brazo rodeándola por los hombros hizo saltar las alarmas. Sujetó con fuerza la mano de Nicky. No acababa de acostumbrarse a tenerlo a su lado en vez de en brazos.

–Stella, ellas son mi tía Frida, mi tía Mari y mi tía Lilli.

Las tres mujeres, todas vestidas de negro y demasiado mayores para ser sus tías, saludaron con la cabeza y sonrieron, sin dejar de mirar a Nicky con ternura. Había dado por sentado que su padre estaba muerto ya que, en caso contrario, no sería rey. No había caído en preguntarle por su madre ni si tenía hermanos.

–Encantada de conocerlas.

No extendieron las manos para saludarla, de lo que se alegró para no tener que soltar a Nicky. Él era su único pilar en aquel desconocido mundo. El brazo de Vasco seguía rodeándola por el cuello, con la mano suavemente apoyada en su hombro.

–Me llevaré a Stella dentro y le enseñaré la casa.

Le apretó el hombro y luego la dirigió escalones arriba hasta la puerta doble que daba a un amplio vestíbulo. Allí, un gran tapiz cubría una de las paredes. Vasco se dirigió hacia una escalera circular de escalones de piedra y balaustrada esculpida.

—Pasaremos por la biblioteca, ya que supongo que le interesará más que su habitación.

Un nuevo apretón hizo que el corazón le latiera más deprisa. Parecía querer dar la falsa impresión de que había algo entre ellos. Le ardían las mejillas y se preguntó cómo podría separarse de él sin resultar descortés. La indignación se unió a la excitación que Vasco le producía cada vez que estaba a su lado. No era justo por su parte jugar con ella de esa manera. Se agachó fingiendo ajustar la ropa de Nicky y consiguió apartarse de él.

Vasco continuó avanzando, explicándole lo que había detrás de cada puerta. Un sirviente se había hecho cargo de su gabardina, así que Stella tenía una perfecta visión de su firme trasero mientras caminaba por el pasillo.

Nicky se soltó de su mano y corrió hacia Vasco. Unos gritos de alegría rebotaron en los viejos muros de piedra. Vasco se giró hacia ella con una sonrisa en el rostro.

—Justo lo que este viejo lugar necesita, un poco de entusiasmo juvenil.

Stella no pudo evitar sonreír.

La biblioteca era más impresionante de lo que se había imaginado. Dos filas de volúmenes se alineaban en las paredes y la gran mesa de roble del centro de la habitación estaba manchada por la tinta de los eruditos que habían pasado por allí a lo largo de los siglos. Nicky se subió a una butaca y Stella se apresuró a tomarlo en brazos antes de que pudiera caerse. No podía imaginarse los tesoros que se ocultaban en las estanterías. La única ventana estaba oculta tras una cortina, probablemente para proteger los libros del sol, lo que daba un aire místico a la estancia que acentuaba su entusiasmo.

Nicky bostezó y por un momento se sintió culpable por desear quedarse a solas con todos aquellos magníficos libros.

–Necesita echarse una siesta.

–O una buena carrera –dijo Vasco tomando la otra mano de Nicky–. ¡Vamos, Nicky!

Salió corriendo hacia la puerta con Nicky a su lado. Stella se quedó mirando a su hijo unos segundos y luego se apresuró a seguirlos. Disfrutaba del placer de ver a Nicky moviéndose con tanta seguridad, pero a la vez sentía que el ritmo de todo, incluyendo el desarrollo de su hijo, estaba yendo demasiado deprisa.

Con Nicky dormido bajo la atenta mirada de una de las tías, Stella cenó con Vasco en el amplio comedor. El entorno tan majestuoso requería un atuendo elegante y, en previsión, se había llevado varios vestidos. Karen disfrutaba rebuscando en tiendas y había dado con cuatro vestidos de estilo retro, cada uno de una época diferente. Esa noche se había puesto un vestido de seda gris de los años cincuenta. Su estado impecable era la prueba de que no lo había usado nunca y el tejido se ajustaba a su cuerpo como una armadura. A Karen le gustaba elegir los accesorios adecuados, así que llevaba unos pequeños pendientes de diamantes. Tenía un mismo par de zapatos para sus conjuntos, unos plateados de tacón medio acabados en punta. Se había recogido el pelo en un moño y se sentía, si no tan glamurosa como el tipo de mujeres a las que Vasco estaba acostumbrado, muy elegante y favorecida.

Vasco se levantó de la mesa al verla bajar los escalones que daban al comedor. Sus ojos grises la recorrieron de arriba abajo, y se oscurecieron con satisfacción. Se acercó hasta ella, le tomó la mano y se la besó.

—Está impresionante.

Por suerte, las capas de seda ocultaban sus pezones.

—Gracias. No me parecía adecuado cenar en vaqueros y camiseta en un entorno tan extraordinario.

Vasco llevaba unos pantalones negros y una camisa de rayas finas, con el cuello abierto. Era ropa bastante más formal que la que le había visto en Estados Unidos.

—No sé si importa cómo vista aquí. El palacio te envuelve como un manto de terciopelo –dijo él sonriendo–. Pero ha conseguido que todo lo que hay a su alrededor desaparezca.

Estella sintió cosquillas donde sus labios le habían besado la mano. Normalmente, aquella clase de halagos la habrían hecho poner los ojos en blanco, pero de boca de Vasco sonaban sinceros.

Le ofreció un sillón labrado y Stella se sentó. Había copas servidas con vino tinto y blanco, y la brillante cubertería parecía recién pulida. En cuanto Vasco se sentó, aparecieron dos criados con una variedad de platos que ofrecieron de uno en uno, sirviéndole de los que quiso.

No entendía lo que decían, pero los olores hablaban por sí mismos. La boca se le hizo agua.

–Es un placer estar en casa –dijo Vasco–. Lo que más echo de menos cuando estoy fuera es la comida.

–¿Cuánto tiempo pasó fuera? Me refiero a cuando era joven.

Quería saber más de su pasado y de las circunstancias que los habían unido.

–Casi diez años –dijo él, y dio un trago de vino tinto–. Me fui con dieciocho años y tenía previsto no volver nunca.

–¿Por qué?

–Solo hay sitio para un heredero en Montmajor. Él hereda el palacio, la corona, el país y todo lo que hay en él. Cualquier otro heredero tiene que buscar su fortuna en otra parte. Es una tradición de mil años.

–Pero ¿por qué?

–Para evitar conflictos y enfrentamientos por la corona. Uno de mis antepasados dictó una ley después de arrebatarle el trono a su hermano mayor. Al cumplir dieciocho años, el hijo pequeño tiene que abandonar el país con mil quiriles en el bolsillo. Desde entonces, esa regla se ha cumplido.

–Así que literalmente lo echaron de su país con dieciocho años.

Stella evitó estremecerse. No podía imaginarse lo que sería crecer sabiendo que algún día tendría que marcharse.

–Apuesto a que mil quiriles no dan para tanto como hace mil años.

Vasco se rio.

–No. Entonces era el equivalente de un par de millones de dólares. Ahora son unos setenta y cinco.

–¿Qué pensaban sus padres de todo eso?

–Es la ley –afirmó él encogiéndose de hombros–. Supongo que pensé que no la cumplirían. ¿Qué hijo piensa que sus padres lo mandarán fuera? Pero el momento se acercó y... también estaba mi hermano.

La expresión de Vasco se ensombreció. Tenía la sensación de que había dado con un asunto delicado.

–Sospecho que su hermano está muerto –dijo ella con suavidad–. Por eso ha vuelto.

–Sí. Murió con mis padres en un accidente de coche, borracho como de costumbre. Bonita historia, ¿verdad?

Sus ojos brillaron y se tomó otro trago de vino.

–Lo siento mucho.

–De eso hace nueve meses. El mejor amigo de mi padre me llamó y me dijo que volviera –continuó arqueando una ceja–. Volví al día siguiente después de diez años.

Algo en su expresión la conmovió. Parecía nostálgico.

–Debió de echar de menos Montmajor mientras estuvo fuera.

–Fue como si me faltara algo. Pensé que nunca volvería.

–¿La ley no le permitía volver ni siquiera de visita?

–No, por si acaso me sentía tentado a encabezar un golpe de estado –contestó con expresión divertida–. Vaya país paranoico, ¿eh?

–Mucho –convino Stella, y dio un sorbo a su vino–. ¿Tiene pensado cambiar la ley para, en el caso de tener más hijos, no tener que echar a los pequeños cuando cumplan dieciocho años?

–Ya lo he hecho –respondió sonriendo–. Fue lo primero que hice cuando volví. La gente se alegró mucho. Eso, y poder tener sexo fuera del matrimonio.

Stella se rio.

–Apuesto a que esa ley era incumplida muy a menudo.

–Lo sé. Resultó muy divertido cuando el portavoz oficial lo anunció desde las murallas del castillo. Quizá por eso nadie tuvo las agallas de cambiarlo antes.

–Así que supongo que no está obligado a casarse con nadie para disfrutar de la vida.

–Eso es un hecho –declaró sonriendo mientras levantaba la copa–. El matrimonio no está hecho para los hombres Montoya.

Stella levantó su copa y se preguntó qué habría querido decir. ¿No tenía intención de casarse? Si Nicky era su heredero, no le hacía falta. El siguiente en la línea de sucesión ya había nacido y no era necesario incumplir viejas leyes.

–Tal vez todavía no haya conocido a la persona adecuada.

La mirada de Vasco se oscureció.

–Tal vez sí.

Su tono sugerente le provocó un escalofrío.

–Debe de haber un montón de mujeres deseando convertirse en su reina.

–Por supuesto, salen de debajo de las piedras. Una corona tiene unos increíbles efectos afrodisíacos.

No los necesitaba. Con su físico, mujeres no le faltarían. Pero, si se casaba, ¿aceptaría su esposa que aquel hijo concebido en un banco de semen se convirtiera en rey?

Necesitaba saber qué era lo que Vasco tenía en mente.

–¿Qué tiene pensado para Nicky? No es el siguiente en la línea al trono, ¿verdad?

Todo aquel asunto resultaba tan ridículo que se ruborizó al decirlo. Quizá otras madres soñaran con que sus hijos aspiraran al cetro, pero ella no.

–Ahora mismo sí, es mi único heredero. De todas formas, si me casara con alguien, el primer hijo que tuviera con mi esposa se convertiría en heredero. Los hijos nacidos dentro del matrimonio tienen preferencia sobre los ilegítimos.

–No parece justo.

Se sintió indignada, lo cual era una locura teniendo en cuenta que no quería que Nicky fuera rey. Pero de alguna manera implicaba que era menos importante y eso despertaba en ella una sensación de culpabilidad por haber elegido traerlo al mundo en una familia tan poco tradicional.

–Tiene razón, no lo es. Podría cambiar la ley, pero no parece que ahora mismo sea una cuestión urgente.

–No tanto como la necesidad de tener sexo fuera del matrimonio –ironizó Stella.

–Exacto. Cada cosa a su debido tiempo.

Sintió que le subía la temperatura y deseó que su mirada no provocara ese efecto en ella. No tenía intención de acostarse con él. Se las había arreglado sin sexo desde que rompiera con Trevor dos años atrás y no lo echaba de menos. Claro que despertarse varias veces cada noche por culpa de un bebé disminuía la libido de cualquiera. Aunque quizá ahora que volvía a dormir bien la estaba recuperando.

No era el momento más adecuado para que la pasión volviera a su vida. Fijó la mirada en su plato y tomó arroz con el tenedor.

–¿Por qué decidió dedicarse a la restauración de libros? –dijo Vasco sacándola de sus pensamientos.

Aquella pregunta la sorprendió. ¡Vaya cambio de tema!

–Fue por casualidad. Mi madre tenía una vieja edición de *Alicia en el país de las maravillas* que había pertenecido a su bisabuela y que me dio cuando estaba en la universidad. El lomo estaba empezando a separarse y le pedí consejo a un librero local que me habló de un curso de restauración de libros. Me encantó. Hay algo adictivo en restaurar tesoros para que puedan ser disfrutados por otra generación de lectores.

—El interés por el pasado es otra cosa que nos une. Mis antecesores llevan viviendo aquí más de diez siglos y crecí siguiendo sus pasos, usando su mobiliario y leyendo sus libros.

—Tiene que ser agradable tener esa sensación de pertenecer a un sitio.

—Lo es hasta que te echan —dijo él arqueando una ceja—. Entonces, te dedicas a buscar otro sitio en el que echar raíces.

—¿Encontró ese lugar?

—No hasta que volví a casa —contestó él sonriendo—. Pero viajé mucho buscándolo —añadió poniéndose serio—. Quiero que Nicky crezca con la sensación de tener un hogar, que respire el aire de sus antepasados, cantando nuestras canciones y comiendo nuestra comida.

Stella tragó saliva. Tenía que poner límites a aquello.

—Entiendo que se sienta de esa manera, pero no dijo nada de esto cuando… cuando donó su esperma —reseñó bajando la voz y dejando el tenedor—. Si lo hubiera hecho, no lo habría elegido. Renunció al derecho a participar en la vida de Nicky cuando acudió al banco criogénico Westlake.

–Cometí un terrible error –afirmó entornando los ojos.

–Todos tenemos que sobrellevar nuestros errores. No piense que puede decirnos a Nicky y a mí lo que tenemos que hacer –dijo ella tratando de sonar firme–. Solo porque sea rey de una dinastía de más de mil años, no significa que sea más importante que nosotros o que sus deseos y necesidades sean lo primero. Crecimos en una democracia en donde todos somos iguales, al menos en teoría, y así pretendo que siga siendo.

Podía decirle que había cometido un error eligiéndolo como padre, pero ahora tenía a Nicky, el centro de su universo.

–Me gusta lo apasionada que es. Nunca la obligaría a quedarse. Después de unas semanas en Montmajor dudo que pueda imaginarse viviendo en otra parte.

–Ya veremos.

El resplandor dorado de las velas se reflejaba en sus copas e iluminaba las viejas paredes de piedra que los rodeaban. Montmajor ya había empezado su proceso de seducción.

Y también Vasco.

–Vayamos a dar un paseo antes del postre.

Se levantó, rodeó la mesa y le ofreció su mano.

Stella maldijo el cosquilleo de sus dedos al rozar los suyos, pero se puso de pie y lo siguió. Sus tacones resonaron sobre el suelo de piedra al atravesar una gran puerta doble de madera que daba a un pasillo y salir a una galería.

Se veía desde lo alto el paisaje que los rodeaba. El sol se estaba poniendo y tras las montañas se adivinaba el mar Mediterráneo.

Apenas había señales de vida. Tan solo se divisaba a lo lejos un tejado y la curva de una carretera.

—Increíble —dijo ella cuando consiguió recuperar el aliento—. Apuesto a que no ha cambiado nada desde los tiempos medievales.

—En la época medieval había más gente. Esta zona era conocida por sus tejidos y cueros. La población se ha reducido a la mitad de la que había en el siglo X. Somos uno de los secretos mejor guardados de Europa y creo que la gente quiere que siga siendo así.

Le acarició el dorso de la mano con el pulgar, provocando que su temperatura aumentase. De nuevo, sus pezones se endurecieron bajo el vestido de seda gris. Contuvo el aliento y apartó la mano.

—¿Y los colegios? ¿Qué educación reciben los niños?

Cualquier tema de conversación era válido para no dejarse embaucar por la seductora majestuosidad del paisaje y de su monarca.

—Solo hay un colegio. Es una de las mejores instituciones educativas de Europa. Los niños aquí aprenden los principales idiomas, incluido el chino, y estudian en universidades de todo el mundo, incluyendo las de Harvard, Cambridge o Barcelona.

—¿No pierden así mucha gente bien formada? Supongo que se quedarán a trabajar en otros países.

–Así es durante una temporada. Pero luego siempre vuelven –dijo Vasco señalando el paisaje que los rodeaba–. ¿Dónde vivir mejor cuando tu corazón está en Montmajor?

Stella sintió una extraña agitación en el corazón. Estaba empezando a gustarle aquel sitio.

–Me gustaría conocer la ciudad –declaró mirándolo–. Porque hay una ciudad, ¿verdad?

–Así es –respondió él sonriendo–. Será un placer enseñársela mañana. Vayamos a acabar de cenar.

Al sentir su brazo junto al suyo, se puso rígida. Debería quejarse por todos aquellos gestos íntimos, pero por alguna razón le parecían insignificantes y tal vez fuera tan solo su manera de comportarse como el perfecto anfitrión.

La gente era diferente en aquella parte del mundo, más efusiva y cariñosa, y no quería parecer una puritana cuando era ella la que había elegido que su hijo tuviera orígenes mediterráneos.

Rozó con el codo su camisa y se le puso la carne de gallina. De hecho, todo su cuerpo se puso en alerta mientras recorrían una hilera de columnas de piedra apenas iluminada, de vuelta al comedor.

Los platos habían desaparecido y en cuanto se sentaron, los sirvientes regresaron con una bandeja de peras glaseadas y helado casero.

Stella abrió los ojos como platos.

–No me va a caber la ropa como siga comiendo así.

–Eso sería una lástima –dijo Vasco, mirándola con picardía–. Ese vestido le sienta muy bien.

Su corazón se aceleró y sintió que se ruborizaba.

–Tendré que hacer ejercicio.

–No hay sitio mejor. Mañana podemos salir a montar a caballo por las colinas.

–¿A caballo? No he montado en mi vida.

–Puede aprender. También podemos dar un paseo caminando.

–Prefiero la segunda opción. Aunque Nicky no puede andar demasiado. Acaba de empezar.

–Nicky puede quedarse con sus nuevas tías mientras nosotros paseamos por el campo.

Tenía que admitir que la idea le gustaba.

–Solía pasear mucho, pero desde que nació Nicky no encuentro el momento.

–Aquí tenemos todo el tiempo del mundo –dijo él ampliando su sonrisa–. Podemos hacer cualquier cosa que quiera.

Aquello la hizo estremecerse. Su cuerpo ya tenía varias sugerencias, la mayoría de ellas incluían quitarle la ropa a Vasco y dejar al descubierto su impresionante físico.

¿Qué tenía aquel hombre que tanto la atraía? Tal vez el hecho de que fuera el padre de Nicky tenía algo que ver. Había un vínculo entre ellos que iba más allá de una reciente amistad.

Quizá aquella extraña y preocupante situación la había llevado al límite, lo que hacía que sus emociones y sentimientos fueran impredecibles. Tenía que tener cuidado con eso.

–Cuando mire por la ventana mañana y vea amanecer, sabrá que ha encontrado un hogar.

La voz de Vasco la sacó de sus pensamientos. La estaba mirando por encima del borde de la copa de vino blanco.

–No estoy del todo segura de que estaré despierta cuando amanezca.

–Puedo ir a despertarla.

–No, gracias.

Lo dijo demasiado deprisa y demasiado alto. Tenía que mantener a aquel hombre fuera de su habitación, lo que iba a ser un serio desafío.

# *Capítulo Cinco*

A la mañana siguiente, Stella habría preferido encontrarse con Vasco en la mesa del desayuno, pero se llevó la sorpresa de que no estaba. Al parecer, había salido por un asunto y no volvería hasta tarde. Se quedaba sin conocer la ciudad y sin paseo por las colinas.

¿Se estaba convirtiendo en una novia mohína y celosa cuando ni siquiera era su novia?

–*Ma* –balbuceó Nicky mientras jugueteaba con la tortilla que le habían preparado–. ¡Cereales!

–Vaya, qué bien sabes pronunciar lo que te interesa –dijo limpiándole la barbilla al pequeño–. No sé si tienen.

–¡Cereales!

Nicky golpeó la superficie de madera de la mesa con la cuchara. Stella lo sujetó por la muñeca y miró por encima del hombro para ver si alguien había visto el sacrilegio.

–Esta mesa es preciosa, cariño. Tenemos que cuidarla.

–Cereales –repitió el pequeño con los ojos llenos de lágrimas.

–Iré a preguntarle al cocinero, ¿de acuerdo? Encontraremos algo.

Le dejó en la mesa y abrió la puerta por la que aparecían y desaparecían los empleados. Se asustó al encontrarse a un hombre tras ella.

–¿Tienen cereales de desayuno?

El hombre asintió y la acompañó por un pasillo que daba a una serie de despensas. En una de ellas había apiladas cajas de pasta, galletas y cereales, todas importadas de Estados Unidos.

–Para el pequeño Nicky –comentó el hombre sonriendo–. Su Majestad lo pidió.

Stella se mordió el labio. Qué considerado.

–¿Podría poner un poco en un bol, sin leche? –preguntó señalando una caja de cereales.

–Por supuesto, señora.

Suspiró aliviada y regresó a la mesa. Al abrir la puerta, se alarmó al ver que Nicky no estaba en su silla. En casa usaba una trona, pero allí no había.

–¿Nicky?

Miró a su alrededor. No había rastro del niño. Había muchas puertas por las que podía haber salido. El pánico se apoderó de ella. El palacio era grande y había muchos sitios por los que un niño podía caerse. No era seguro dejarlo solo ni un momento en un sitio tan laberíntico y no debía olvidarlo.

–¿Nicky?

Salió a toda prisa al pasillo y llamó a un sirviente.

–Disculpe, yo… Mi hijo…

El hombre se limitó a sonreír y le indicó que lo siguiera. Más puertas y pasillos, todos parecidos, conducían a un patio interior con un estanque en medio. De una fuente brotaba agua. Su corazón recuperó la normalidad al ver que Nicky estaba jugando con un pequeño barco de madera bajo la atenta mirada de dos de las tías.

–Gracias a Dios que estás aquí. Cariño, por favor, no te vayas sin decirme adónde vas. Mamá tiene que saber en todo momento dónde estás, ¿de acuerdo?

Sabía que el niño no podía explicarse, pero quería que lo supieran aquellas mujeres puesto que debían de ser ellas las que lo habían llevado allí.

–Te he encontrado cereales, Nicky –continuó Stella–. Ven a tomarlos. Volveremos después de desayunar.

–*No, Nicky con barco.*

Stella abrió los ojos como platos al escuchar la frase más larga que había dicho nunca.

–Tómate primero los cereales –dijo girándose hacia las tías.

–No se preocupe, señora Greco. Acaba de comer dos pastas de cerezas –intervino Mari, la tía más joven–. Cuidaremos de él mientras usted desayuna y hace lo que le apetezca.

¿Pastas de cerezas? No era el desayuno más nutricional, pero al menos había comido algo. Podía irse a desayunar tranquilamente.

–¿Está segura?

–He criado ocho hijos y no hay nada que me apetezca más que pasar un tiempo con el pequeño Nicky. Frida piensa lo mismo y en cuanto Lilli vuelva de su cita con el médico, se nos unirá. Es un niño encantador.

–Sí. Tengan cuidado de que no se caiga al agua.

–Por supuesto –contestó Frida–. Vasco nos ha contado que se dedica a restaurar libros antiguos. Estamos muy contentos de poder contar con su experiencia. Fui profesora de literatura medieval en la universidad de Barcelona y sé que este palacio es un tesoro oculto.

–Sí, ayer conocí parte de la biblioteca. Quizá vaya allí ahora. Más tarde seguiremos charlando.

Estaba demasiado alterada para hablar en aquel momento. Aquellas abuelas tenían una gran formación y podía aprender muchas cosas de ellas.

–Hasta luego.

Le dio un beso a Nicky en la frente e ignoró el recelo que sentía por dejarlo.

Pasó el día en la biblioteca, acariciando volúmenes de la época de Carlomagno. Vasco le había conseguido una selección de los mejores instrumentos de restauración, incluyendo una amplia variedad de finas pieles y pan de oro para reparar las cubiertas dañadas.

Solo rozar aquellos libros resultaba una experiencia sensual. Leer los relatos, los poemas y las historias dramáticas hacía que su imaginación volara. Sabía francés y español, y algo de latín e italiano, así que podía entender y disfrutar de lo que estaba leyendo de la misma manera que los afortunados residentes de aquel palacio lo habían hecho durante generaciones.

Tomó nota mental de las cosas que quería enseñarle a Vasco, pensando que las disfrutaría: historias sobre su familia, cuentos tradicionales de Montmajor e incluso un diario de citas escrito por un joven rey en 1470.

Pero Vasco no apareció aquella tarde.

Tampoco estuvo presente a la hora de la cena, lo que le hizo sentirse ridícula con aquel vestido largo azul que Karen le había elegido a juego con unos bonitos pendientes turquesa. Cenó sola en el gran comedor, deseando haber compartido el festín de huevos revueltos y tostadas de Nicky. El pequeño dormía ya en su cama, al cuidado de una joven canguro. Era extraño estar sentada allí, con la mirada fija en la silla vacía que tenía enfrente, mientras los empleados le servían platos y llenaban su copa.

¿Dónde estaba Vasco? No era asunto suyo, no había nada entre ellos. No debía importarle si estaba cenando con otra mujer.

Tomó más vino. No, no le parecería bien que saliera con otras mujeres mientras Nicky y ella estuvieran allí. ¿No podía esperar a que se fueran? Después de todo, eran sus invitados.

Probablemente estuviera en alguna fiesta con aristócratas y se había olvidado de ellos. O quizá había volado a alguna parte en su avión para pasar unos días en el yate de alguien o para asistir a alguna boda.

¿Qué más le daba? Estaba ocupada con la biblioteca y su increíble colección de libros y manuscritos. Pero entonces, ¿por qué levantaba la cabeza y contenía el aliento cada vez que se abría la puerta?

Se comió la mitad de la tarta de melocotón con nata. Era una lástima desperdiciar toda aquella deliciosa comida, pero también era una tontería comer sin ganas y sin alguien con quien compartir el placer.

Se quitó la servilleta del regazo y estaba a punto de subir a su habitación cuando la puerta se abrió. Esa vez se le aceleró el pulso al ver aparecer al hombre cuya presencia parecía llenar cada rincón del palacio.

–Siento haberme perdido la cena –dijo entrando en el comedor y dirigiéndose hacia ella.

Sus ojos grises brillaban y tenía el pelo revuelto por el viento. Llevaba unos pantalones negros cubiertos de polvo y una sencilla camiseta blanca que marcaba sus pectorales y sus bíceps, revelando un físico más definido de lo que había imaginado.

Trató de encontrar algo interesante que decir, pero no lo logró.

–¿Dónde ha estado?

Vasco pareció sorprenderse y ella se arrepintió de su pregunta.

–He ido a Monteleón a visitar a un viejo conocido. Hemos estado hablando y las horas han pasado a toda prisa.

¿Aquel era el asunto por el que se había marchado? De nuevo, se sintió ofendida. Se preguntó si ese viejo conocido sería una mujer, pero no quería saberlo.

—He encontrado algunas cosas muy interesantes en la biblioteca.

—Vaya.

Vasco se acercó a la mesa, tomó la copa de Stella y bebió de ella. Antes de que pudiera darse cuenta, apareció un sirviente con una copa llena para él. Le dio las gracias al hombre, pero en cuanto desapareció, miró con desagrado la copa.

—Estoy seguro de que ese no está tan bueno como el que ha rozado sus labios.

Luego dio un sorbo y rodeó la mesa, dejando a Stella sorprendida. ¿Cómo podía decir cosas así como si nada? Miró su copa y de repente deseó volver a beber de ella.

—He pensado que debería empezar restaurando libros y documentos que guarden relación directamente con la familia real —anunció Stella—. He encontrado unas cuantas cosas interesantes y he pensado que quizá quiera guardarlos en un archivo separado.

—Buena idea.

Vasco estaba al otro lado de la mesa. Había dejado la copa y se estaba estirando. Los músculos de su ancha espalda destacaban. ¿Estaba intentando impresionarla con su físico? Debería saber ya que ella era un ratón de biblioteca y no reparaba en esas cosas.

—¿Quiere que le enseñe el primer libro que quiero restaurar? Esperaré a que cene.

—Ya he cenado, aunque preferiría haberlo hecho aquí –dijo él, paseando los ojos por el escote de Stella–. Las vistas son mucho mejores –añadió mientras bajaba la mirada hasta sus caderas.

–Me ha resultado extraño cenar aquí sola, en este enorme comedor.

–Lo siento. No volverá a ocurrir.

No le creyó. Era un adulador que sabía qué decir en cada momento, como la promesa que le había hecho de llevarla a pasear.

–¿Vamos a la biblioteca?

–Claro.

Vasco se acercó y deslizó un brazo alrededor de la cintura de Stella. Ella abrió los ojos como platos y sintió otro estremecimiento. ¿Cuántas copas de vino se había tomado? Probablemente no más de dos, aunque no lo sabía con certeza porque no habían dejado de llenársela.

–Estoy sucio. Vamos a parar en mi habitación para que pueda cambiarme. No quiero dejar más polvo en los libros.

Su sonrisa hizo que Stella sintiera que las rodillas se le doblaban y se maldijo por ello.

–No hace falta. ¿Ha estado montando a caballo?

–En moto. Es la manera más cómoda de moverse por estas montañas, mejor que en coche. El único inconveniente es la suciedad. Debería haberme duchado antes de venir a verla, pero no podía esperar.

Ella se sonrojó al encontrarse con su mirada y contuvo el aliento. Sus zapatos resonaron en el suelo empedrado del pasillo. Vasco giró a la derecha. Stella nunca había ido en aquella dirección. Las esculturas de las paredes eran cada vez más recargadas. Los elaborados mosaicos del suelo llevaban hasta una gran puerta en forma de arco.

–¿Los aposentos reales? –preguntó ella mirando el escudo labrado en piedra que había encima de la puerta.

–Así es. Por favor, adelante –dijo invitándola a pasar.

No le quedaba otra opción, teniendo en cuenta que seguía rodeándola por la cintura. Una enorme cama con dosel parecía ascender hacia el techo de más de cinco metros. Del armazón de madera colgaban unas pesadas cortinas. Había viejos candelabros con velas encendidas en cada esquina de la habitación.

–Se ha inventado una cosa llamada electricidad. ¿No ha oído hablar de ella? –ironizó Stella.

Las velas proyectaban luces y sombras que titilaban en las paredes y el techo.

–Esas modernidades nunca duran –bromeó Vasco–. Es mejor recurrir a lo que ya sabemos que funciona.

Se le marcaron los hoyuelos un instante antes de que se quitara la camiseta blanca y dejara al descubierto sus músculos bronceados.

Cuando se desabrochó los pantalones, ella se giró.

–Quizá debería esperar fuera.

–No hace falta. Estaré listo en un momento.

Estaba haciendo aquello para atormentarla y

le estaba funcionando. No pudo evitar mirar de reojo el espejo que colgaba de una de las paredes. Su trasero resultaba muy sugerente con unos clásicos calzoncillos blancos. Sus muslos eran fuertes y estaban cubiertos de vello oscuro, según pudo apreciar antes de que desaparecieran bajo unos pantalones negros.

Vasco volvió a estirarse, obligándola a cerrar los ojos un momento. Nadie necesitaba tanto estímulo. Cuando volvió a abrirlos, sintió alivio al ver que había cubierto sus bíceps con una camisa clara sin cuello.

—Ya estoy listo. Lléveme a su biblioteca.

Se acercó hasta ella caminando descalzo, con una sonrisa en su mirada gris.

Stella tragó saliva. «¿Su biblioteca?». Parecía haber decidido que iba a ser de su dominio durante el resto de su estancia, lo que le produjo una interesante sensación de placer.

Vasco la tomó de la mano y avanzaron por el pasillo. A pesar de que llevaba tacones y él iba descalzo, apenas le llegaba a la mejilla.

Al encender las lámparas de la biblioteca para iluminar aquel mágico reino de libros, se puso nerviosa. Lo llevó hasta la mesa en la que había empezado a dejar los libros que iban a ser restaurados primero. Un tomo pesado, cuyas cubiertas de cuero estaban hechas jirones, se hallaba apartado de los demás. Vasco acarició la rugosa superficie.

—Es la historia de Montmajor.

—Escrita en 1370 —añadió Stella sonriente—. Es

curioso que ya entonces tuvieran tanto que escribir.

–Siempre tenemos mucho que contar de nosotros –dijo él esbozando su traviesa sonrisa–. Y, al parecer, también nos gusta leer sobre nosotros.

Abrió una página al azar y Stella a punto estuvo de tomarlo por la muñeca para detenerlo. Aquel libro tenía seiscientos cincuenta años. Vasco empezó a leer con su voz profunda el texto manuscrito en catalán. Algo despertó en ella mientras Vasco disfrutaba pronunciando aquellas palabras antiguas.

De repente, se detuvo y la miró.

–¿Sabe lo que dice?

–Necesito aprender catalán. Sé francés y castellano, además de un poco de italiano, y me suena a una mezcla de todo.

–Es mucho más que eso –replicó Vasco entornando los ojos al sonreír–. Tendré que enseñarle.

–Es una gran tarea.

–Entonces iremos poco a poco –declaró él llevándose un dedo a sus sensuales labios–. Cada cosa a su debido tiempo. ¿Qué es lo más importante en la vida?

Stella frunció el ceño.

–¿La salud?

Vasco sacudió la cabeza.

–La pasión. La *passió*.

–La *passió* –repitió ella.

No quería iniciar un debate sobre lo crucial

que era la pasión para la gente que estaba pasando hambre. Era evidente que los reyes vivían en una realidad paralela.

–*Ben fet*.

–Supongo que significa «bien hecho», ya que suena un poco como el *bien fait* del francés.

–Lo va entendiendo. Pronto hablará como un nativo.

Stella no pudo evitar sonrojarse de orgullo.

–Lo haré lo mejor que pueda. No puedo evitar sentir *passió* por el trabajo que voy a realizar.

Bajó la mirada al libro y se contuvo para no apartar la mano de Vasco de la página. No quería aburrirlo con su preocupación sobre la grasa que absorbía aquel antiguo papel artesanal y todas las criaturas microscópicas que se alimentaban de las tintas naturales.

–Tengo pensado restaurar primero la cubierta. Conservaré la original y haré otra de cuero que sea idéntica. Luego revisaré página por página, aunque el interior parece estar en muy buen estado.

–Lo que significa que todavía no ha sido leída lo suficiente.

Vasco pasó la página y siguió leyendo, acariciando las palabras con la lengua y devolviéndolas a la vida en la tranquilidad de la biblioteca.

Stella lo observó embelesada. Aunque el libro era de historia, estaba escrito en verso y la voz de Vasco les daba una cadencia sensual a las palabras. Entendía su significado lo suficiente como para reconocer la descripción de una batalla, con las lanzas volando, las banderas ondeando al viento y los caballos galopando en la llanura. Se imaginó la escena, recobrando vida después de siglos de ser escrita tan detalladamente.

Cuando Vasco se detuvo, el corazón de Stella latía a toda velocidad.

–Precioso –dijo sin apenas voz, como si hubiera estado cabalgando junto a los protagonistas.

–*Bell* –dijo Vasco sonriendo–. Gracias por enseñarme el libro. No lo habría abierto si no hubiera estado aquí. Confieso que no soy un gran lector.

–Prefiere la acción y este libro la tiene.

–Cierto, y también mucha *passió*.

Vasco tomó su mano entre las suyas. En parte se alegró de que hubiera dejado el libro, pero enseguida sintió una mezcla de pánico y excitación y empezó a temblar incapaz de contener su deseo.

¿Era tan solo un gesto amable por su parte? Todo en Vasco resultaba sensual y excesivo, y quizá le estaba dando demasiada importancia a sus roces y miradas. Su mano ardía entre las suyas y sus dedos deseaban seguir explorando su cálida piel. El apetito sexual que había permanecido dormido durante dos años se estaba despertando bruscamente.

Apartó la mano y dio un paso atrás.

–Voy a enseñarle otro libro que voy a restaurar.

Tomó otro ejemplar de lomo negro, del que se salían las hojas. Sus manos temblaron al entregárselo a Vasco, ansiosa por romper aquel hechizo.

No se atrevió a mirarlo a la cara, pero se lo imaginó sonriendo. Vasco sabía el poder que tenía sobre ella y parecía resultarle divertido. Sabía seducir y lo utilizaba como arma. Tenía que hacerse con una buena armadura, como la del siglo XVI que estaba en el vestíbulo.

–¿Qué le resulta tan divertido?

–Me estaba preguntando qué aspecto tendría vestida con una armadura.

–Es sencillo averiguarlo. Solía ponérmelas de niño, incluso monté con una a caballo –dijo él sonriendo–. No era tan incómodo. Pero ya no me sirve ninguna. Nuestros antepasados eran más pequeños que nosotros. Aunque es de la misma talla que la de Francesc. Venga.

Stella tragó saliva. ¿De verdad pretendía que se probara una armadura? Tenía que admitir que la idea no le desagradaba. No siempre se tenía la oportunidad de conocer los usos de otra época.

Vasco aceleró el paso y ella lo siguió. No estaba vestida para ninguna batalla, ni medieval ni actual. Su vestido largo se enredaba en sus piernas mientras avanzaban a toda prisa por el pasillo. ¿Se lo haría quitar? Karen le había convencido de que se comprara ropa interior nueva para el viaje, con el pretexto de que los sirvientes se ocuparían de sus cosas.

No sabía cuántas invitadas llevarían raso y encaje, pero al menos el cajón de la ropa interior resultaba elegante y ella se sentía glamurosa cada vez que se la ponía.

Vasco la condujo por un pasillo iluminado con tan solo una lámpara hasta una amplia habitación. Dio al interruptor y en el techo se encendieron unos focos que apuntaban hacia la enorme variedad de armas que cubría tres de las paredes. Estaban resplandecientes y listas para ser usadas.

–A mis antepasados les gustaba tener las armas preparadas –dijo Vasco sonriendo–. También les gustaban las cosas bonitas.

–¿Hay alguien que se encargue de limpiarlas?

–Se hace una vez al año. No suelen utilizarse.

–Menos mal. Además, no creo que hoy en día sea fácil comprar munición del siglo XVII.

–Se sorprendería de lo que se puede encontrar en eBay –observó Vasco.

Los focos también iluminaban tres armaduras que había en un rincón. Dos eran plateadas y la tercera era negra y bronce, labrada y algo más pequeña que las otras.

–Qué bonita. ¿Es italiana?

–Sí –contestó sorprendido de que lo supiera–. Mi antepasado Francesc Turmeda Montoya la mandó hacer en Génova, pero cuando llegó ya había crecido y no le sirvió.

–Qué lástima. ¿Así que no se utilizó?

–Por él no. Supongo que con el trascurso de los años, alguien sí que lo hizo –dijo acariciando el metal–. Pero no creo que haya tenido el placer de recubrir el cuerpo de una mujer –añadió recorriendo con la mirada el cuerpo de Stella.

Vasco metió las manos por detrás del torso y desabrochó algo. La coraza, junto con los brazos, se soltó del soporte.

–Creo que será mejor que se quite el vestido.

Stella contuvo la risa.

–¿Y si viene alguien?

–No vendrá nadie.

–¿Y si estalla una guerra y vienen los empleados corriendo en busca de las armas?

–Entonces, la encontrarán dispuesta para la batalla –contestó él, y se le marcaron los hoyuelos–. Déjeme ayudarla.

Apartó las manos de la armadura y se colocó detrás de ella. El sonido de la cremallera hizo que a Stella se le pusiera el vello de punta. Sacó los brazos de las mangas y dejó que el vestido cayera al suelo.

–Por suerte, no me cohíbo fácilmente –dijo ella, tratando de sonar convincente.

Miró a Vasco y descubrió que estaba contemplando descaradamente su piel desnuda. Los pezones se le endurecieron bajo el sujetador y sintió la urgente necesidad de ocultarse bajo el metal.

–Ayúdeme a ponérmela.

Vasco sacó la coraza del soporte y los brazos cayeron a los lados, provocando un fuerte estruendo. Stella metió los brazos y dejó que Vasco se pusiera detrás de ella para abrocharle las correas. Al cerrarle la armadura, sus dedos le rozaron la espalda, y Stella trató de no estremecerse.

Las piernas se colocaban una a una, atándose a los muslos y acoplándose a la coraza, por lo que Vasco tuvo contacto íntimo con su piel. Aquella ligera caricia le cortó la respiración. Al menos, estaba cubierta de metal, a excepción de la cabeza.

–A ver si puedo andar.

Se sentía torpe. La armadura era pesada y con las manos protegidas por los guanteletes metálicos, no estaba segura de poder sujetarse si se caía.

–Parece una elegante Juana de Arco.

Probó a dar un paso al frente. Sorprendentemente, la armadura se movió con ella como una segunda y pesada piel, pero la parte del pie era muy grande y resonó en el suelo de piedra.

–No es fácil caminar con estas cosas.

–Por eso se necesita un caballo –dijo Vasco sonriendo–. Nadie iba caminando con ese atuendo en una batalla. ¿Quiere probar el yelmo?

Stella asintió con la cabeza y dejó que Vasco se lo colocara. Estaba oscuro dentro y tenía un olor curioso, más a madera que a metal. No podía ver a Vasco. Las hendiduras para los ojos no estaban en su sitio y lo único que podía ver era el suelo.

Se quitó el yelmo y la intensa luz del salón de armas la cegó después de aquella oscuridad del interior.

–Vaya, es un placer volver a respirar. Puedo

imaginarle montando a caballo en el campo, con una lanza, yendo al rescate de alguna damisela.

–¿Qué le hace pensar que iría en su ayuda?

–Cierto, más bien pondría en peligro su virtud.

–Probablemente eso se ajustaría más a la realidad. Pero mis intenciones serían buenas.

–Estoy segura. Será mejor que me quite esto.

Ni siquiera con la armadura se sentía a salvo cerca de Vasco. Además, cada vez tenía más calor.

Vasco volvió a sonreír.

–Deje que la ayude a quitárselo.

# Capítulo Seis

Vasco se había dado cuenta de que el pelo de Stella cambiaba de color dependiendo de la luz. En aquel momento, bajo los focos que iluminaban las armas, su melena se veía dorada con reflejos rojizos.

Su dulce y tímida sonrisa lo atormentaba. Sus labios rosados eran suaves y tentadores. Casi podía imaginar lo que se sentiría al besarlos.

Pero solo había una manera de averiguar qué se sentía apretando su boca contra la suya.

Le acarició la espalda con los nudillos mientras le desabrochaba la armadura. Suave y cálida, su piel parecía pedir que la acariciaran. El cierre del sujetador daba acceso a una cámara secreta y con dificultad se las arregló para no abrirlo.

Stella salió de la armadura y Vasco volvió a colocarla en su soporte, molesto por tener que apartar los ojos de aquella imagen provocadora de su cuerpo. Por suerte, tuvo que ayudarla a sacar las piernas y aprovechó para deleitarse con sus muslos atléticos.

La sugerente ropa interior que llevaba le ponía las cosas más difíciles. Tuvo que contenerse para no tomarla del trasero y la ayudó a ponerse el vestido.

–Me ha gustado –dijo ella abrochándose el cinturón–. Aunque pesada, resulta flexible. Nunca lo habría imaginado.

–Esta armadura era la última tecnología de su época. No escatimaron gastos para proteger al hijo y heredero en su misión de defender los territorios y el honor de la familia, y que así pudiera vivir para contarlo.

Los ojos de Stella parecían dorados bajo aquella luz.

–¿Le hubiera gustado vivir en aquella época?

–¿A qué hombre no?

–Supongo que a los que prefieren las batallas por ordenador.

–No tengo paciencia para eso. Prefiero sentir cómo corre la sangre por mis venas.

–Me alegro de que Nicky no tenga que entrar en batalla a lomos de un caballo al galope. Pasaría mucho miedo.

–Imagino que todas las madres se habrán sentido así a lo largo de la historia –dijo tomándola de la mano–. De todas formas, su opinión en estos asuntos no era tenida en cuenta.

–Por suerte, ahora la opinión de las mujeres tiene el mismo valor que la de los hombres, al menos en los países civilizados –observó Stella arqueando una ceja.

–Todavía está por ver si considera que Montmajor es un país civilizado –dijo él sonriendo–. Aunque es algo complicado determinarlo. Aquí nos bañamos con regularidad y usamos cubiertos en la mesa.

–Es una decisión que solo me compete a mí –le espetó dibujando una sonrisa en sus labios rosados–. De quien tengo dudas es del rey.

Le gustaba que no se sintiera intimidada por sus títulos y toda la pompa que conllevaban.

–Supongo que al igual que mucha gente. Me esfuerzo en convencerlos de que bajo esta fachada hay un corazón de oro.

–Nadie puede acusarlo de ser modesto.

–La modestia no es algo que se espere de un rey.

Posó sus ojos hambrientos en el delicioso cuerpo de Stella. El vestido se le estrechaba en la cintura y luego se ensanchaba, impidiendo adivinar las curvas de sus caderas y muslos. Por suerte, la imagen de su sugerente y elegante ropa interior se había quedado impresa en su cabeza.

–Supongo que la arrogancia y el sentido del deber se valoran más en un monarca –dijo ella levantando la barbilla.

–Pero solo en su justa medida, si no la gente se alzaría y me expulsaría –puntualizó Vasco sonriendo–. Y no queremos que tomen el castillo.

–No, llevaría demasiado tiempo descolgar de la pared todas estas armas.

–No se preocupe, los empleados del palacio saben kung fu.

–¿De verdad?

–No –dijo tomándole la mano y besándosela.

Sabía que estaría suave y cálida, y quería sentirla junto a sus labios.

Stella se ruborizó. Vasco podía adivinar que sentía interés. Lo había visto en sus ojos en su primera visita, un brillo entre la desconfianza y la aprensión. Ya había tenido tiempo para conocerlo y para darse cuenta de que quería lo mejor para Nicky y para ella. Aunque siguiera recelosa, tenía una mente abierta y estaba dispuesta a que le gustara tanto él como su país.

Se acercó a ella y Stella abrió los ojos como platos. Antes de que pudiera reaccionar, tomó su cabeza entre las manos y la besó en los labios.

Sabía como el vino fresco de verano. Una oleada de excitación lo recorrió y hundió los dedos en la suavidad de su melena. Deslizó la lengua entre sus labios, obligándolos a abrirse, y deseó estrechar su cuerpo contra el suyo.

Pero dos manos delicadas en su pecho lo apartaron.

Vasco parpadeó, molesto de que el beso hubiera tenido un final tan brusco.

–Creo que no deberíamos hacer esto. Bastante complicadas son ya las cosas.

Stella parecía haberse quedado sin aliento. Sus ojos brillaban con una mezcla de sorpresa y excitación.

–Entonces, hagámoslas más sencillas –dijo él acariciándole la mejilla.

–No es tan fácil. Apenas nos conocemos.

–Entre nosotros existe el vínculo más fuerte que puede haber entre un hombre y una mujer: un hijo.

–Eso es lo que me preocupa. Tenemos que llevarnos bien por Nicky. Una vez que hay atracción, las cosas se complican.

–¿Ha sido esa tu experiencia en el amor? –preguntó él arqueando una ceja.

Quizá había una buena razón para que siguiera soltera.

–Tuve una relación larga y fui yo la que decidió terminarla.

–¿Por qué?

–En parte, porque él no quería tener hijos –respondió.

Él sonrió.

–Entonces, problema resuelto en este caso.

Sus labios resultaban tan tentadores que, ahora que ya los había saboreado, no podía dejar de mirarlos.

–Pero ¿y si acabamos odiándonos?

–Imposible.

–¿Así que crees que podemos besarnos y seguir como si tal cosa?

–¿Por qué no?

La idea de su cuerpo a pocos centímetros del suyo lo incitaba a prometer cualquier cosa. Le gustaba mucho Stella. Lo había dejado todo para ir a Montmajor por el bien de Nicky, así que podía afirmar que tenía un gran corazón además de una cara bonita.

–¿Por qué no? Me gustaría vivir un cuento de hadas, pero la realidad no deja de mostrarme su cara más fea. ¿Qué diría el resto de la gente del palacio?

–¿A quién le importa? Soy el rey. No me preocupa lo que piensen los demás –respondió él sonriendo.

Nunca le había preocupado, ni siquiera cuando no era rey.

Vasco deslizó los dedos por el cuello de Stella hasta un hombro. Su clavícula desaparecía bajo el bonito vestido azul y la acarició. Stella se estremeció y él reparó en su respiración entrecortada.

Lo deseaba.

Su miembro erecto estaba comprimido bajo los pantalones. Su deseo de llevársela a la cama aquella misma noche empezaba a ser desesperado.

—Déjate llevar por tu instinto.

—Mi instinto me dice que me vaya a correr un par de kilómetros.

—No, eso es solo porque una parte de tu cabeza está tratando de impedir que te dejes llevar por el placer.

—¿De veras?

—Por supuesto que sí. Tienes que dejar de pensar.

—¿Y cómo lo hago? —preguntó ella arqueando una ceja.

—Así.

La atrajo hacia él y volvió a besarla en los labios, disfrutando de la húmeda calidez de su boca con la lengua.

Stella lo rodeó por el cuello y Vasco sintió que se rendía en sus brazos. Un gemido escapó de los labios de Stella cuando sus cuerpos se rozaron bajo la tela de sus ropas. Vasco dejó caer la mano y se deleitó con las curvas de su trasero.

Stella se arqueó contra él, atrayéndolo con los ojos cerrados. Estaba muy excitado y se le hacía insoportable su erección.

A regañadientes, se apartó unos centímetros. Había llegado el momento de continuar aquella escena en una habitación con un entorno más acogedor.

–Ven conmigo.

Se sentía tentado a tomarla en brazos para evitar que cambiara de opinión, pero se resistió. La tomó con fuerza de la mano y la sacó de la sala de armas, subiendo la escalera hacia el torreón este.

Había ordenado que pusieran sábanas limpias en aquella estancia circular en previsión de que llegara aquel momento. Con ventanas por todos los lados, pero aislada de miradas ajenas, aquella habitación era casi la más privada de todo el palacio y había sido usada durante cientos de años para las aventuras amorosas de los reyes.

Abrió la puerta y se alegró de ver un jarrón lleno de flores bajo una lámpara encendida.

–Qué habitación tan bonita –dijo Stella desde el umbral de la puerta–. No es tu habitación, ¿verdad?

–Es nuestra habitación.

La atrajo entre los brazos y cerró la puerta con el pie, antes de fundirse con ella en un beso que la obligó a borrar todo pensamiento.

\*\*\*

Stella no podía creer que fuera capaz de besar a Vasco a la vez que respiraba, pero así debía de ser porque el beso duraba y duraba, introduciéndola cada vez más en aquella espiral de sensualidad.

Nunca antes había experimentado un beso así. Las sensaciones se desencadenaron, despertando cada centímetro de su cuerpo.

Cuando por fin se apartó Vasco, volvió a la realidad aturdida, como si fuera una criatura saliendo de la hibernación.

Así que era eso de lo que la gente tanto hablaba. Siempre había sentido curiosidad por los poemas, las canciones y todo aquel revuelo acerca del amor y el sexo. Su vida amorosa había sido tan prosaica que había creído que exageraban los efectos. Ahora se daba cuenta de que se había estado perdiendo lo más excitante.

Y todavía no habían tenido sexo…

Los ojos de Vasco brillaban con una pasión que igualaba la suya. Entre ellos sentía la química de la que la gente hablaba y sabía que estaba a punto de producirse una explosión.

Vasco alargó la mano y apagó la luz. La luna brillaba dorada fuera de las ventanas, bañándolos con su resplandor y convirtiendo aquella habitación redonda en un lugar mágico.

Stella hundió las manos en el suave algodón de la camisa de Vasco, aferrada a sus músculos. Deseaba apartar aquella tela de su cuerpo, pero el pudor se lo impedía. Vasco no tenía escrúpulos. Le deshizo el nudo del cinturón del vestido y lo abrió como si fuera el papel de un regalo. Por segunda vez aquella noche, el vestido cayó al suelo y se quedó en ropa interior ante él. Esa vez, a diferencia de la anterior, no tenía armadura en la que esconderse.

Sus ojos recorrieron todo su cuerpo, haciendo que le ardiera la piel. Siguieron sus manos, despertando un torrente de sensaciones allí por donde pasaban. Stella se dejó llevar por sus sensuales caricias mientras le desabrochaba los botones de la camisa y se la apartaba de los hombros. Ya había visto antes el pecho de Vasco, pero resultaba más fascinante de cerca. Una sombra de vello oscuro desaparecía bajo la hebilla de su cinturón y enseguida se lo quitó y le bajó la cremallera de sus pantalones negros.

Estaba tan excitado como ella. Su erección se adivinaba bajo los calzoncillos. Stella la rozó con los nudillos al bajarle los pantalones y su rigidez la hizo estremecerse. Trevor siempre había necesitado grandes dosis de estimulación y, en ocasiones, cuando finalmente estaba listo, ella perdía el interés. Era evidente que Vasco no necesitaba tanto estímulo.

Lo miró a la cara y sus ojos depredadores aumentaron la intensidad de su deseo. Tenía los labios abiertos, y podía sentir su respiración y ver cómo subía y bajaba su pecho mientras aumentaba el deseo entre ellos. El corazón le latía con tanta fuerza que casi podía oírlo en medio del silencio de la noche. Se le aceleró el pulso cuando Vasco la rodeó por la espalda y le desabrochó el sujetador.

Podía fingir que había sido el aire fresco de la noche lo que había endurecido sus pezones, pero ambos sabían que no era así.

Vasco bajó la cabeza y le lamió uno. Luego la miró con sus brillantes ojos llenos de deseo. Ella le quitó los calzoncillos y él los apartó. Bañado por la luz de la luna, su cuerpo robusto parecía una estatua antigua. Apenas podía creer que alguien tan atractivo pudiera estar interesado en ella.

Vasco tiró de sus pequeñas bragas de encaje y las deslizó hacia abajo por los muslos. Ambos se quedaron desnudos. La luz de la luna la envolvía, haciéndola sentir desinhibida. Deseaba sentir su cuerpo junto al suyo. Dio un paso adelante hasta que las puntas de sus senos rozaron su pecho. El cosquilleo casi la hizo reír y dio un paso atrás, pero las grandes manos de Vasco la sujetaron por la cintura y tiraron de ella.

Sus vientres se encontraron y el miembro erecto de Vasco quedó atrapado entre ellos. Luego fundieron sus bocas en un beso y Stella sintió que la cabeza le daba vueltas. Recorrió con las manos su espalda musculosa, deleitándose con la perfección atlética de su cuerpo mientras la intensidad del deseo aumentaba.

Stella sintió el borde del colchón detrás de sus rodillas y se dio cuenta de que se habían acercado a la cama. Vasco tomó su trasero entre las manos y la levantó para colocarla sobre la cama, sin romper el beso. Después la hizo tumbarse sobre las sábanas frías y se colocó sobre ella.

—Eres una mujer muy sensual —dijo apartándose lo suficiente para mirarla a los ojos.

Estaba más excitada de lo que nunca se había imaginado. Hacía tanto tiempo que no había pensado en el sexo que casi había llegado a creer que no volvería a tenerlo.

En aquel momento lo necesitaba tanto como respirar.

Vasco la penetró lentamente y ella arqueó la espalda para sentirlo más profundamente. Un gemido de placer escapó de sus labios mientras volvía a embestirla. Se movía con creatividad y elegancia, sacudiendo su cuerpo sobre el suyo, acercándola al deleite.

Mientras retozaban en la cama, se sintió la pareja de un experto bailarín que sabía cómo sacarle su talento innato. Ella también tomó la iniciativa, llegando a lo más alto de las sensaciones que la invadían, antes de dejar que disfrutara de su cuerpo desde distintos ángulos en movimientos perfectamente ejecutados.

Gozaba sintiendo la cálida piel de Vasco junto a la suya. Rodeándola por la cintura o por los hombros, cada caricia resultaba perfecta. Cuando el clímax alcanzó su punto de no retorno, se dejó llevar por la euforia del momento, aferrándose a él mientras el resto del mundo desaparecía.

Más tarde, entre sus brazos, agotada por la intensidad de la experiencia, apenas podía recordar su nombre. La boca, las manos y la lengua de Vasco habían explorado cada centímetro de su cuerpo, haciéndola estremecer y proporcionándole una satisfacción que nunca antes había conocido. Se sentía relajada y feliz.

Vasco le hablaba en susurros, en ocasiones en catalán, diciéndole lo hermosa y buena amante que era y lo contento que estaba de que estuviera allí en Montmajor y en su cama.

Todo lo que decía parecía sincero y Stella sonrió, aunque no tuvo fuerzas para responder. Apoyó la cabeza en su pecho y fue quedándose dormida al ritmo de su corazón.

Soñó que formaban una familia perfecta y que llevaban una vida confortable entre las paredes de aquel castillo milenario. Todo resultaba tan natural y predecible como el amanecer, cuyas primeras luces se colaron por todas aquellas ventanas que rodeaban la habitación, y la sacaron bruscamente de sus ensoñaciones.

Solo entonces fue consciente de lo que había hecho.

# *Capítulo Siete*

Stella se sentó en la cama y se llevó una mano a los ojos para protegérselos de la luz del sol. Miró a su lado y vio que Vasco se había marchado. ¿Cuándo se había ido? ¿Había dormido con ella toda la noche o había desaparecido en cuanto se había quedado dormida?

¿Había usado preservativo? No se había detenido a pensar en métodos anticonceptivos. Trevor siempre se había encargado puesto que le aterrorizaba la idea de tener hijos, por la responsabilidad y el gasto que conllevaban. Siempre iba cargado de preservativos, a pesar de que la había convencido de que se pusiera un DIU. Había tenido que quitárselo para tener a Nicky y no se había vuelto a preocupar del tema porque no había vuelto a tener citas.

Tragó saliva. Todavía sentía las contracciones de las que tanto había disfrutado mientras hacían el amor. Vasco le había hecho descubrir todo un nuevo mundo de placer sexual.

Se levantó de la cama y buscó su ropa. La claridad entraba por las ventanas. Encontró el vestido en el suelo y la ropa interior bajo la cama.

Había sido muy fácil para Vasco seducirla. Se sentía avergonzada. No llevaba allí ni una semana y se había acostado con él nada más besarla.

Tenía el vestido arrugado, pero se lo puso y se anudó el cinturón. Había querido presentarse ante él como una mujer atractiva y deseable. No quería que pensara que había comprado su esperma porque no había podido encontrar un hombre. ¿Se había propuesto seducir a Vasco?

Desde luego que se había preocupado de estar guapa y de comportarse como la perfecta invitada. Debía de haberse dado cuenta de que quería gustarle y él había correspondido llevándosela a la cama.

¿De quién era aquella cama? De Vasco no, eso seguro. ¿Sería la habitación destinada a las aventuras sexuales? No había señales de que fuera habitada, ni fotos, ni ropa. Parecía más bien la recreación de una vieja alcoba de castillo, aunque precisamente era eso.

El sol acababa de salir en el horizonte, así que seguramente Nicky seguía durmiendo. ¿Y si se había despertado en mitad de la noche llamándola? Podía haber estado horas llamándola sin que nadie supiera dónde estaba.

Con el corazón desbocado, recogió los zapatos de debajo de una silla y se apresuró hacia la puerta. Con un poco de suerte, los empleados seguirían durmiendo y podría volver a su habitación sin que nadie la viera.

Tiró de la enorme puerta de madera y se asomó fuera. El pasillo oscuro parecía un agujero negro en comparación con la claridad de la habitación. No se había fijado bien en el camino hasta allí, así que no sabía muy bien en qué parte del palacio estaba.

Sentía la piedra fría bajo sus pies mientras caminaba de puntillas por el estrecho corredor que llevaba a una escalera de caracol. Bajó y atravesó el arco que daba a un pequeño patio donde el rocío adornaba las rejas de hierro. ¿Había pasado por allí la noche anterior? Había estado tan pendiente de Vasco que no lo sabía. Había dado por sentado que volvería con él.

Pero Vasco no era previsible.

El patio tenía dos puertas en el otro lado y eligió la de la derecha, pero la encontró cerrada con llave. La de la izquierda estaba abierta, aunque no reconoció el amplio vestíbulo al que daba. Un enorme y desgastado tapiz cubría una de las paredes y había una vieja butaca de madera en una esquina. Había puertas en ambos extremos, pero no tenía ni idea de cuál conducía hacia la parte más habitable del castillo.

Stella se acercó a la puerta que tenía más cerca. Al empujarla para abrirla, arañó el suelo, y el corazón se le paró al descubrir una capilla. Había velas en el pequeño altar y olía a incienso, y el sol de la mañana iluminaba las vidrieras.

Tres figuras vestidas de oscuro, las tías, estaban arrodilladas ante el altar sumidas en sus oraciones. Se apartó de la puerta, pero ya era demasiado tarde. Una de ellas, Lilli, ya se había dado la vuelta.

–Stella.

Su voz resonó en aquel lugar sagrado y Stella se quedó paralizada. Con los zapatos en la mano, sintió que se ponía colorada mientras las tres cabezas se giraban para mirarla.

–Acompáñanos en los maitines.

En aquel momento reparó en el sacerdote, una figura oscura cerca del altar. ¿Era el momento adecuado para contarles que la habían criado como luterana? Tragó saliva y sonrió. Probablemente debería santiguarse o hacer una genuflexión, pero lo único que quería en ese instante era morirse.

–Lo siento, me he equivocado de puerta.

Retrocedió avergonzada, confiando en que no hubieran visto su vestido arrugado. Tal vez no ataran cabos. ¿Qué clase de mujer pensarían que era si se enteraban de que se había acostado con Vasco en su segunda noche allí?

Se pasó la mano por el pelo alborotado y salió presurosa en dirección contraria, llegando a la sala de armas en la que se había probado la armadura la noche anterior. ¿Qué le pasaba cuando estaba con Vasco? Normalmente, era una persona tímida y razonablemente sensata.

Unos pasos fuera de la sala la hicieron acurrucarse en un rincón. Por suerte, las luces se apagaron y se quedó agazapada en la pared opuesta a la brillante armadura hasta que el sonido desapareció en la distancia.

Esa vez se puso los zapatos. Al menos podía fingir que se había levantado y vestido. Enseguida dio con la suite que compartía con Nicky. La puerta de la habitación de Nicky estaba abierta y la canguro dormía en un sillón junto a la cama. Stella se avergonzó ante la idea de que aquella persona supiera que no había pasado la noche allí.

Nicky seguía dulcemente dormido en la cama que le habían preparado, abrazado al dinosaurio que Vasco le había regalado.

«Lo siento, Nicky, no sé en qué estaba pensando».

Lo que había pasado la noche anterior complicaría las cosas. ¿Acabaría convirtiéndose en una relación o sería tan solo una aventura de una noche?

Lo segundo sería terrible. Habría sido preferible no saber lo adictivo que podía ser el buen sexo. Y la idea de no volver a besar a Vasco…

Entró en su habitación y sacudió la cabeza en un intento por despejarse. Revolvió la cama como si acabara de despertarse, y luego se metió en el baño para darse una ducha. Contuvo la sonrisa al ver su rostro sonrojado y su pelo revuelto en el espejo.

Todos se darían cuenta y no pudo evitar pensar que eso era exactamente lo que Vasco pretendía. Desde que llegaron, no había dejado de abrazarla y toquetearla, de flirtear con ella, al parecer con la intención de que la gente pensara que eran pareja. Quizá no quisiera que alguien descubriera que había donado su semilla a un banco de esperma. Eso no agradaría a sus devotas tías.

Stella se metió bajo el chorro de agua caliente y deseó poder desprenderse de la culpabilidad y la vergüenza de haberse metido con tanta prisa en su cama.

Esa vez se rio. Cuando salió de la ducha, se sintió mucho mejor, especialmente después de comprobar que la canguro se había ido. Tal vez, el haber revuelto las sábanas había funcionado.

Bajó a Nicky al comedor para desayunar. Esperaba acabar rápido para ir a esconderse entre los libros antes de que apareciera Vasco, aunque eso implicara tener que ver a las tías para dejar a Nicky a su cuidado. Al verlo sentado a la mesa comiendo un trozo de melón, tragó saliva.

Nicky sonrió.

–Hola, papá.

Stella se quedó mirándolo. Acababa de llamar «papá» a un perfecto desconocido. Vasco sonrió y sus hoyuelos se marcaron en su piel bronceada.

–Ven y acompáñame –dijo señalándole una silla junto a la suya–. Apuesto a que estás hambrienta.

Sus ojos brillaron de tal manera que ella sintió un cosquilleo en el vientre. Se sonrojó. ¿Estaba intentando abochornarla? Probablemente no. Así era él.

Stella rodeó la mesa, sin soltar la mano de Nicky y lo sentó en la silla al lado de Vasco. Era mejor poner distancia entre ellos. En cuanto el niño estuvo sentado, Vasco se acercó y la besó en los labios. Demasiado sorprendida para protestar, acabaron besándose por encima de la cabeza de Nicky. El deseo volvió a despertar en ella y, cuando por fin consiguió apartarse, se había quedado sin respiración.

No pudo evitar mirar a su alrededor para comprobar si había algún empleado por allí.

—Estás radiante.

«Con un poco de suerte, no será porque esté embarazada».

Era el momento de preguntar si había usado protección, pero estaba furiosa de que la hubiera besado delante de Nicky.

—No sé qué me ha pasado —murmuró ella evitando su mirada.

—Yo sí y creo que tienes que recuperar fuerzas —dijo él ofreciéndole una bandeja de fruta.

—Estoy bien de fuerzas, gracias.

Su sonrisa avivaba el fuego de su interior. Se sentó al otro lado de Nicky y se colocó la servilleta sobre el regazo.

—No sé si obligarte a que me lo demuestres.

Vasco se comió otro trozo de melón, clavando con gusto los dientes. Aquel gesto hizo que Stella se agitara en su asiento.

¿Cómo podía Vasco seguir comportándose así delante de su propio hijo? Era evidente que aquel hombre no tenía escrúpulos. Stella tomó una magdalena de una bandeja que había en el centro de la mesa y la untó de mantequilla. Vasco se dirigió a Nicky en catalán, como si estuvieran manteniendo una conversación.

—Sí, papá.

–Nicky, eso es fantástico. Estás aprendiendo otro idioma.

–Por supuesto –dijo Vasco, revolviendo el pelo rubio del niño–. Es su lengua nativa.

–Parece que lo está aprendiendo muy deprisa. Apenas hablaba hace un mes.

–Porque no hablaba el idioma correcto –sentenció Vasco, y volvió a dirigirse a Nicky en catalán.

Stella no entendió lo que dijo, pero el pequeño se rio.

Se le hizo un nudo en el estómago y se dio cuenta de que la estaban dejando de lado. Lo cual era ridículo. Podía aprender catalán también, aunque no lo llevara en su ADN.

–Hoy llevaré a Nicky a dar un paseo por la ciudad mientras tú trabajas en los libros.

Vasco tomó otro trozo de melón. Fue más una sugerencia que una declaración.

–A lo mejor se pone nervioso por no estar conmigo.

–No te preocupes. Si eso ocurriera, lo traería de vuelta inmediatamente. Y jugaríamos con tus libros.

Acarició la mejilla de Nicky y le dio una cucharada de su papilla favorita de avena, que uno de los empleados le había llevado.

–Estupendo, trae algunas pinturas. Así Nicky podrá decorar las cubiertas de los libros.

–Me gusta la idea –dijo sonriente–. Pero antes, te dejaremos que trabajes un rato.

¿Por qué estaba tranquila dejándolo con Vasco? Quería estar nerviosa, pero le resultaba imposible. Sabía que su recelo era más por ella que por Nicky.

Y a juzgar por el beso que acababa de darle, lo de la noche anterior no había sido una aventura aislada.

Una semana más tarde, poco había cambiado. Nicky ya repetía nanas en catalán. Stella pasaba mucho tiempo en la biblioteca y se acostaba con Vasco todas las noches.

Siempre dormían en la misma habitación. Había vuelto a preguntarle de quién era y él le había contestado que de ellos. Vasco nunca estaba cuando ella se despertaba. Había pasado de sorprenderse a sentirse decepcionada, pero no quería darle muchas vueltas. Solo llevaban juntos una semana, así que no estaba en situación de pedirle que adaptara su estilo de vida a las necesidades de ella. Al menos ya conocía el camino de vuelta a su habitación.

Durante el día, Vasco se mostraba atento y cariñoso, tratándola como si fuera su amante, sin preocuparse por quién tuvieran a su alrededor. Incluso habían paseado en un par de ocasiones con Nicky por la ciudad como si fuesen una familia perfecta.

A Stella no dejaban de pitarle los oídos. Imaginaba los comentarios que debía de haber desatado el hecho de que el rey se dejara ver con una mujer y un bebé. Las tías no habían dicho nada.

Se limitaban a sonreír y a mimar a Nicky. Los empleados eran educados y deferentes, tratándola como a una invitada en vez de como a uno de ellos, aunque en teoría, estaba allí para hacer un trabajo.

No hablaban del futuro. Vasco parecía haber asumido que Nicky y ella se quedarían allí para siempre. Teniendo en cuenta que era demasiado pronto para decidir si quedarse o no, Stella evitaba hacer preguntas comprometidas. La mayor parte del tiempo que pasaban juntos estaban rodeados de empleados o en la cama. Ninguna de aquellas situaciones era la más adecuada para mantener una conversación trascendental.

En el momento en el que Vasco la besaba, todas las preocupaciones desaparecían y se quedaba flotando en una nube de felicidad. El palacio era un pequeño país y, ocupada con Nicky, Vasco y la biblioteca, casi se había olvidado del resto del mundo.

Así que los ojos se le abrieron bruscamente cuando una compañera de trabajo de Los Ángeles le envió un correo electrónico con el título *Dios mío, Stella, ¿tú?*, y un enlace a una revista. Stella abrió el enlace, preguntándose si tendría algo que ver con una oferta de empleo. Elaine, la remitente, era una archivista con la que había quedado a comer varias veces y que había encontrado un nuevo empleo en el museo Getty.

El enlace la llevó hasta un titular que rezaba: *¿Un romance real?* El tono del artículo era especulativo:

*El apuesto rey de Montmajor, Vasco Montoya, ha sido visto en la ciudad con una misteriosa americana y su bebé. Los rumores apuntan a que es el padre. ¿Se trata de una relación pasajera o de su futura esposa?*

Stella parpadeó. Había una foto grande de ambos dando la mano a Nicky mientras paseaban junto a un puesto de fruta en la plaza del mercado. Ella contemplaba embelesada y sonriente a Vasco, mientras él miraba al frente.

No había más historia, al igual que tampoco la había en la vida real.

Sentada en la biblioteca, su corazón empezó a latir desbocado bajo la blusa amarilla. ¿Quién más podía ver aquello? Deseó contestar que no era ella, pero no podía. Era para morirse de la vergüenza. ¿Y si Vasco lo veía? Cerró la página. Al menos, ella nunca había oído hablar de aquella revista. Buscó y descubrió que tenía su sede en Luxemburgo. Aun así, el hecho de que Elaine hubiera dado con la página era alarmante, puesto que solo había hablado de Vasco con Karen, su mejor amiga. Al resto de sus amigos les había dicho que iba a pasar unas vacaciones con Nicky.

Tecleó un mensaje de respuesta:

*Fuera de la oficina. Stella está muy ocupada acostándose con un rey europeo y contestará este correo tan pronto como pueda. Hasta entonces, ocúpese de sus asuntos.*

No sabía si reír o llorar. Borró todo excepto la primera frase y lo envió. Eso impediría que Elaine preguntara más detalles.

Cerró el ordenador portátil y salió a toda prisa de la biblioteca, incapaz de sentarse tranquilamente y menos aún dedicarse a la delicada labor de restauración. Quizá había llegado el momento de preguntarle a Vasco hacia dónde estaba yendo aquel asunto. Sería conveniente conocer la respuesta para cuando un reportero le pusiera el micrófono delante de las narices.

Al menos, no era probable que estuviera embarazada. Había usado preservativos en todos sus encuentros, así que simplemente no se había dado cuenta de que también lo había hecho en el primero debido a la excitación del momento.

–Stella –oyó a sus espaldas–. ¿Adónde vas tan deprisa? Espero que a buscarme –añadió Vasco tomándola de la cintura por detrás.

Su voz grave acarició sus oídos. Era difícil pensar con claridad estando junto a Vasco.

–¿Podemos hablar de una cosa?

Stella respiró hondo tratando de tranquilizarse.

–Podemos hablar de lo que quieras: astrofísica, el Santo Grial, lo que vamos a comer…

Le dio un beso en la nuca y Stella sintió que se le doblaban las rodillas.

–Vayamos a un sitio más privado.

–Una idea excelente. Vámonos a nuestra habitación.

–No, a alguna otra parte en la que no haya una cama.

Stella no pudo evitar sonreír mientras se daba la vuelta para soltarse de su abrazo.

—¿Estás cansada de camas? Entonces salgamos. Sígueme.

La tomó del brazo y se dirigieron al corredor. Salieron del palacio por una puerta lateral y bajaron por una escalera circular hasta las colinas que había junto a las murallas del castillo. El lugar estaba salpicado de ovejas y vacas.

—¿Adónde vamos?

Se alegró de llevar unas bailarinas planas y no tacones, porque empezaron a pasear por una senda estrecha.

—A uno de mis sitios preferidos —contestó Vasco precediéndola sin soltar su mano.

Era un buen momento para hablar. Nicky estaba con dos de las tías y era casi su hora de la siesta, por lo que no la echaría de menos.

—No sé bien qué estoy haciendo aquí.

—¿De verdad? Ahora mismo estás paseando —dijo él sonriendo, antes de girarse para seguir avanzando.

—Muy gracioso. Me refiero a ti y a mí.

—No hay duda de que hay algo entre nosotros —dijo él apretándole la mano.

—Lo sé, pero… ¿qué soy, tu pareja?

No sabía muy bien cómo plantear aquello sin parecer una colegiala.

—Sin duda.

—Vaya.

Sintió alivio. Así que estaban saliendo.

—Y mucho más que eso. Eres la madre de mi

hijo, somos una familia –añadió Vasco con expresión seria.

De nuevo, la parte complicada. Vasco daba por sentado que Nicky los había unido para siempre, sin importar qué otra cosa pasara. Pero ¿implicaba eso que iban a casarse?

Apenas hacía un mes que se conocían y no se atrevía a preguntárselo. ¿Estaba dispuesta a casarse con él y abandonar su vida de soltera?

Sí, lo estaba. Se le encogió el corazón al darse cuenta de que se había enamorado de él en tan poco tiempo. Vasco la había llevado hasta aquel reino de cuento de hadas, en el que pasaba horas seduciéndola y dándole placer. Montmajor era un sitio encantador y tranquilo en el que no parecía haber pobreza ni conflictos sociales y que estaba a un par de horas en avión de casi todas las capitales europeas. Además, estaba la gratificante e interminable labor de restaurar todos aquellos magníficos libros.

Pero ¿pretendía Vasco convertirla en su reina o más bien en su amante?

En su corazón conocía la respuesta.

–¿Por qué no dormimos en tu habitación o en la mía? ¿Por qué la habitación redonda?

–Es un sitio especial solo para nosotros.

–Pero mi habitación es preciosa. Además, si estuviéramos en la puerta de al lado, no necesitaría que alguien cuidara de Nicky durante la noche.

–Quizá te canses de tenerme en tu cama.

«O quizá seas tú el que se canse de mí».

–¿Por qué siempre te vas en mitad de la noche?

Vasco le apretó la mano de nuevo, sin dejar de caminar.

–Tengo negocios en Asia y es la mejor hora para hacer llamadas. No quiero molestarte.

Ella frunció el ceño. Era una buena razón, pero no le resultaba del todo convincente.

–Tengo el sueño profundo, no tienes por qué irte.

–Prefiero trabajar en mi despacho. Es algo aburrido.

Vasco aceleró el paso mientras subían una colina y Stella se esforzó en seguir su ritmo.

–Si fuera aburrido, no lo harías. Empiezo a conocerte.

–Está bien, es cierto que disfruto con mis negocios. No puedo pasarme el día en el trono ocupándome de mis súbditos. Me gustan los desafíos.

«Eso es lo que me preocupa».

La estancia circular con todas aquellas ventanas era su habitación, la cual podía abandonar en cualquier momento para irse a una diferente con otra persona.

–¿Siempre es así de tranquilo el palacio? Quiero decir, ¿no tienes que recibir mandatarios extranjeros y toda esa clase de cosas.

Vasco bajó el ritmo.

–No quería asustarte metiéndote en medio del torbellino social, así que he pedido a mis asistentes que despejaran mi agenda hasta que estuvieses del todo instalada. ¿Estás lista para más emociones?

No le llamaba la atención verse rodeada de dignatarios llenos de medallas ni de princesas de peinados impecables. ¿Qué pensarían de una mujer de los suburbios de Los Ángeles?

Se puso derecha. No tenía nada de qué avergonzarse. Era educada e inteligente, y sabía mantener una conversación. Como americana, no le intimidaba la sangre azul ni la riqueza. Sería interesante conocer a gente diferente.

–Claro, ¿por qué no? –añadió Stella.

En un acto social, tendría que presentarla. Entonces, sabría qué lugar ocupaba allí. ¿Su prometida quizá?

–Pues mandemos invitaciones –dijo Vasco levantando una ceja–. Aunque admito que prefiero tenerte para mí solo.

Tiró de ella mientras subían otra loma y luego se detuvieron en la cima. La vista era increíble. Estaban rodeados de montañas, incluyendo aquella sobre la que se erigía el castillo. No había ni rastro de civilización.

Stella se quedó mirando el paisaje que los rodeaba. Ni siquiera había aviones en el cielo.

–Parece como si estuviéramos solos en el mundo.

El sol bañaba con su pálida luz dorada las cumbres y los valles.

–Ahora mismo así es.

Aquellas palabras resonaron en sus oídos. Le había hecho la pregunta de qué estaba haciendo

allí y le había dado una respuesta. La consideraba su pareja, además de la madre de su hijo.

Eso le servía, al menos de momento.

Apenas llevaba una semana allí, así que no
podía empezar a exigir ni a hacer preguntas in-
cómodas cuando ni siquiera ella misma sabía lo
que quería. Podía cansarse de Vasco y de Montmajor y decidir volver a casa, por lo que no tenía
sentido exigirle un compromiso cuando ni ella
estaba dispuesta a ofrecérselo.

¿Por qué resultaba tan difícil ser paciente y
dejar que los acontecimientos siguieran su curso? Acababan de empezar a salir juntos. Era cierto que estaba siendo una relación más intensa de
lo normal porque vivían bajo el mismo techo y
tenían un hijo, pero cada relación era algo frágil
que podía estropearse si había mucha presión.
Tenía que relajarse y dejarse llevar, disfrutar del
momento, vivir el presente y dejar que la relación siguiera su curso.

# Capítulo Ocho

Para cuando los primeros invitados llegaron, Nicky ya estaba durmiendo en su cama. Stella había pasado horas preparándose, o al menos, así le había parecido. Se había comprado un vestido y unos zapatos en la ciudad con una tarjeta de crédito que Vasco le había dado. Mientras rebuscaba entre las perchas, se había sentido cohibida bajo la atenta mirada de la dueña, que parecía saber exactamente lo que hacía cada noche con Vasco.

Había dicho «no, gracias» a todos los vestidos de amplio escote y tejido ajustado que le habían enseñado, y se había decantado por uno de raso color azul hielo que le llegaba a los tobillos. Le marcaba las curvas, pero sin revelar demasiado. ¿Por qué dar más motivos para cotillear?

—Estás muy guapa.

El cálido aliento de Vasco en su nuca la sobresaltó. Estaba arriba de la escalera mirando hacia el vestíbulo. Un grupo de invitados impecablemente vestidos acababa de llegar. Se estaban quitando las capas de terciopelo y las pieles, a pesar de la cálida temperatura otoñal. Todas las mujeres estaban impresionantes, incluyendo las más maduras, vestidas con la esmerada elegancia de quien se tomaba muy en serio su aspecto.

–Estoy un poco nerviosa.

Le sudaban las manos y no quería secárselas en el vestido.

–No lo estés. Todos están deseando conocerte.

–¿Saben… que Nicky y tú y…?

–Solo saben que eres mi invitada de honor.

La besó en la mano y ella sintió que el vello se le ponía de punta. Estaba deseando que aquello terminara para acurrucarse entre sus brazos en la cama que compartían.

No sabía si debía sentirse aliviada de que los invitados no supieran la verdad o preocupada de que pudieran especular en todas direcciones.

Vasco le ofreció el brazo y bajó con ella la escalera. Con aquel gesto de posesión, la estaba presentando como su pareja. Sentía las miradas incisivas de las mujeres como arañazos en la piel y sus risas le hacían daño en los oídos. Aun así, se esforzó en participar en las conversaciones y en lucir una amable sonrisa en los labios.

Vasco estaba muy guapo de esmoquin. Cada vez que se hallaban cerca la acariciaba, aunque fuera con un simple roce de nudillos en la cadera. En todas las ocasiones, el corazón se le subía a la garganta y sentía un cosquilleo en la piel.

Los susurros, especialmente en catalán, la hacían sonrojarse. Sabía lo que estaban murmurando. ¿Pensarían que era demasiado sencilla para Vasco? ¿Cómo justificarían su interés por ella?

–¿Qué le ha traído hasta Montmajor? –le preguntó una mujer de su edad.

–La biblioteca –contestó Stella obligándose a sonreír–. Soy restauradora de libros y la oportunidad de trabajar con todos esos libros antiguos es un sueño hecho realidad.

La mujer alisó una arruga imaginaria de su vestido de encaje negro.

–¿Se está quedando en el único hotel del país?

–Lo cierto es que me es más cómodo quedarme aquí en el palacio, cerca de la biblioteca –respondió ella.

–Por supuesto. Es un edificio maravilloso. Tiene unas habitaciones preciosas –comentó y, bajando la voz, añadió–: He visto algunas.

Sus ojos brillaron desafiantes.

–¿De veras? –dijo Stella tratando de mostrarse asombrada–. ¿Es usted una de las exnovias de Vasco?

–Vasco y yo somos viejos amigos –contestó la mujer frunciendo el ceño–. No creo que me considere una más.

Stella sintió que encogía unos centímetros. Se había sentido muy feliz y orgullosa de que Vasco la considerase su pareja.

–Ah, entonces fueron amantes, ¿no?

No podía creer lo atrevida que estaba siendo.

La mujer miró a su alrededor y su mirada se oscureció. Stella sospechó que estaba mirando a Vasco.

–Sí, amantes –continuó–. Eso es exactamente lo que somos.

La respuesta en tiempo presente dejó a Stella sin palabras y bebió un sorbo de champán.

–¿La he incomodado? Dicen que en ocasiones soy demasiado directa. Pero le aseguro que no hay nada que le saque los colores a Vasco.

Se dio la vuelta y se marchó, dejando a Stella con la boca abierta. Aquella mujer se consideraba la amante actual de Vasco o, al menos, una de ellas. Quizá viviera en otra de las acogedoras habitaciones del palacio, tal vez en otro torreón.

Miró a su alrededor en busca de Vasco y lo vio riéndose con una despampanante pelirroja, cuyos pechos parecían querer salirse del corpiño rojo que llevaba. Aquel era el aspecto que se esperaba de la concubina de un rey.

Stella se miró el vestido. Tal vez debería haberse puesto algo más atrevido para que todas aquellas mujeres la tomaran como una rival. Sintió celos al verlo tomar la mano de la mujer y besarla, tal y como había hecho con ella un rato antes.

Vasco era encantador con las mujeres. No podía evitar seducirlas, por lo que no era el hombre más apropiado con el que mantener una relación estable.

Un hombre la invitó a bailar y aceptó, feliz de tener la oportunidad de pensar en otra cosa. Charlaron sobre libros y cultura, sin dejar de dar vueltas mientras bailaban un vals. Stella miró a Vasco en un par de ocasiones, esperando encontrarse con una mirada celosa, pero no tuvo esa suerte. Parecía estar pasándoselo bien y seguramente se había olvidado de que ella estaba allí.

Después de la medianoche, tras el variado

buffet que se había servido de cena, decidió subir con el pretexto de ver cómo estaba Nicky y no volver. Al salir por una puerta lateral del salón de banquetes al pasillo, una mano la tiró del brazo, sobresaltándola.

–Llevo toda la noche echándote de menos. Prefiero estar a solas contigo.

–Yo también.

–Vámonos a nuestra habitación.

Todo su cuerpo decía que sí. En la intimidad de la habitación redonda, Vasco le quitó el vestido y la devoró con la mirada de tal manera que se sintió la mujer más atractiva del mundo. Se deleitó recorriéndola con la lengua y ella disfrutó acariciando y saboreando todo su cuerpo. Era un banquete más tentador y placentero que el de abajo.

Cuando por fin la penetró, Stella estaba tan excitada que pensó que iba a alcanzar el orgasmo de inmediato. Pero Vasco se tomó su tiempo llevándola al límite una y otra vez, hasta que no pudo soportarlo más. Alcanzaron el éxtasis a la vez y luego permanecieron tumbados, felices en los brazos del otro.

No importaba nadie más. Cuando estaba a solas con Vasco, todo era perfecto.

Pero, cuando se despertó más tarde aquella misma noche, se había ido. ¿Habría regresado a la fiesta? Era posible que estuviera compartiendo sus dotes amatorias con otra mujer. Había dejado a su hijo al cuidado de otra persona noche tras noche por un hombre que decía que eran una familia, pero que no le ofrecía un compromiso definitivo.

Antes o después, aquella montaña rusa de sentimientos iba a desbordarla.


Vasco volvió a la fiesta aturdido, sin que tuviera nada que ver con los vinos de Montmajor que se habían servido. Después de estar con Stella, siempre se sentía animado y de buen humor.

–Hola, Vasco. Te hemos perdido un buen rato –dijo su buen amigo Tomy saludándolo en la barra.

–Tenía unos asuntos urgentes de los que ocuparme –replicó él tomando una copa de champán que le ofrecía un camarero.

–Ya me he dado cuenta. Parece que esa americana te ha conquistado.

–Así es. Es la madre de mi hijo –dijo, y dio un trago de champán.

Tomy abrió los ojos como platos.

–Así que los rumores son ciertos.

–Completamente. El pequeño Nicky ha traído la alegría al palacio y mucha felicidad para todos nosotros.

–¿Por qué ninguno sabíamos nada de él?

–Es complicado. No he sabido de su existencia hasta hace poco.

–Te casarás con ella, ¿verdad?

A pesar de la pregunta, Tomy parecía escéptico.

–Ya sabes que los Montoya no estamos hechos para el matrimonio.

–Eso nunca ha sido impedimento. Ya sabes que la gente de Montmajor espera que te cases.

–Llevo toda la vida rompiendo esquemas y no voy a dejar de hacerlo ahora. No tengo interés en casarme con nadie.

–¿Y qué piensa ella de eso?

Vasco frunció el ceño.

–No lo hemos hablado. Como te he dicho, es pronto y ella es una americana que valora su independencia. No está buscando a alguien para casarse.

No lo habían hablado porque, a pesar de que Nicky los uniera, estaban empezando a conocerse. ¿Cuánta gente empezaba a hablar de matrimonio al mes de conocerse? En la actualidad, las relaciones eran de años antes de dar el paso. Probablemente, ella tampoco supiera mejor que él lo que quería.

Tomy sonrió.

–¿Pretendes convertirla en una especie de concubina?

–¡No, claro que no!

–Entonces en amante.

Vasco reparó en la expresión sorprendida de su amigo.

–Sí, en amante. ¿Por qué no?

–Porque a las mujeres nunca les agrada la idea de ser simplemente amantes. Quizá no ocurra esta semana, ni este mes, ni siquiera este año, pero antes o después querrá alguna clase de compromiso con forma de anillo. Sobre todo si tenemos en cuenta que hay un niño de por medio.

–Seguiré haciéndola feliz.

–Lo harás una temporada, pero querrá casarse contigo.

–Un objetivo que hay que evitar a toda costa.

Vasco paseó la mirada por la sala abarrotada. A las cinco de la madrugada, la fiesta seguía en pleno auge.

–El matrimonio echa a perder las relaciones. ¿Cuántas parejas casadas de las aquí presentes no se odian? Todas acuden a fiestas para poder bailar y flirtear con otras personas. El día de la boda es el momento en que empieza el viaje hacia el resentimiento.

–Tus padres estuvieron casados más de cuarenta años.

–Y se odiaron cada segundo. Se casaron solo porque a mi padre lo obligaron cuando mi madre se quedó embarazada de mi hermano. Quizá en algún momento se amaron, pero no hay pruebas de que lo hicieran durante mi infancia.

–Tu padre era cariñoso.

–Sí, con todas las mujeres de Montmajor. Mi madre se lo permitió porque odiaba los escándalos.

–Así son las cosas –dijo Tomy, y se encogió de hombros–. Te casas con esa atractiva mamá, y luego sigues disfrutando de tus actividades extracurriculares. No hace falta que pongas fin a la diversión solo porque hayas encontrado una reina. No se puede tener ambas cosas.

–No, gracias. Hay algunas tradiciones de los Montoya que pretendo romper.

–Nos dimos cuenta cuando dijiste en tu discurso de proclamación que ibas a legalizar las relaciones entre parejas no casadas –comentó Tomy sonriendo–. Muy romántico.

–No tiene sentido que la madre de mi hijo sea una delincuente.

–Qué considerado. Con razón todas las mujeres del oeste de Europa beben los vientos por ti. Considerarán tu soltería como una invitación.

–Si me caso, lo considerarán un reto fascinante –advirtió Vasco, arqueando una ceja–. Creo que soltero estoy más a salvo.

Tomy sacudió la cabeza.

–Cómo me gustaría estar en tu lugar…


La fiesta, con su larga lista de invitados, desató los rumores por toda Europa. Stella visitó las páginas de Internet en las que aparecía su nombre relacionado con el de Vasco y en las que especulaban sobre Nicky.

Era humillante descubrir que gente de todo el mundo hablaba sobre su romance y que ni ella misma sabía más que ellos de hacia dónde iba su relación.

–Te lo estás tomando muy en serio –protestó Karen por teléfono–. Déjate llevar y disfruta.

Stella sabía que Vasco la estaría esperando en la habitación redonda y se odiaba por estar deseando ir.

–Créeme, lo he hecho, ese es el problema.

–¿Por qué no dejas que las cosas sigan su curso?

–Lo intento, pero tengo la sensación de que esto no va a cambiar.

–¿Y qué hay de malo en ello? Parece que te lo estás pasando muy bien.

–Vine aquí a Montmajor para que Vasco conociera a su hijo. Lo he hecho todo a su manera e incluso me he dado cuenta de lo mucho que me gusta esto. Pero no puedo quedarme y acostarme con él todas las noches, como si fuera una novia con la que comparte piso.

–¿Por qué no? A mí me parece perfecto.

Stella se estiró sobre su cama.

–Supongo que no estoy hecha para noviazgos largos. ¿Recuerdas que siempre insistía en que Trevor diera el siguiente paso?

–Eso era porque querías tener hijos.

–Y también casarme. ¿Acaso eso me convierte en un bicho raro?

–No, te convierte en convencional y aburrida. No lo seas. Toma la vida por los cuernos y a Vasco por... bueno, por aquello que destaque en él.

–Eres terrible. No sé por qué te he llamado –dijo sonriendo–. Pero eso es exactamente lo que voy a hacer en cuanto colguemos.

–Gracias a Dios. No me gustaría que se echara a perder. He visto fotos en la web de una revista y ese hombre está para caerse de espaldas.

–¿También tú ves esas páginas?

–Simple curiosidad. Las que no tenemos vida propia, vivimos a través de las proezas de mujeres afortunadas como tú.

–Lo único que siempre he querido es ver crecer a mi hijo y restaurar libros.

–Ahora estás haciendo las dos cosas, además de acostarte con el hombre más guapo de Europa. Y encima es un rey. Se me caen las lágrimas por ti.

–En serio, tengo que decidir si quedarme aquí con Nicky o volver a Estados Unidos. Vasco quiere que me quede, pero no puedo seguir siendo su amante indefinidamente. No es justo ni para Nicky ni para mí. Llevamos aquí un mes y Nicky se siente en su casa. Necesito saber si va a ser un hogar definitivo o si soy solo otra de su larga lista de novias.

–Un mes no es mucho tiempo.

–Para mí es tiempo suficiente…

«Para enamorarme».

No quería decirlo en voz alta. Quería que fuera su secreto.

Un mes no era demasiado tiempo para una relación convencional en la que se veía a la otra persona una o dos veces a la semana. Pero ellos vivían juntos y se veían durante todo el día, además de por la noche. Era una relación que iba muy deprisa y, además, bajo el foco de atención pública. Si los desconocidos se preguntaban hacia dónde iba esa relación, sería una estúpida por no querer respuestas concretas también.

–¿Ya te has cansado de tenerlo como juguete sexual?

–Ya me gustaría.

–Creo que ahora lo entiendo. Estás sintiendo

algo más intenso de lo que te imaginabas y no sabes si seguir adelante o alejarte mientras puedas.

–Eres muy perspicaz. Nunca he sentido nada así por nadie, ni siquiera por Trevor. Y sé por experiencia que esta clase de relaciones termina en boda o en lágrimas.

–O en ambas.

–Gracias por tu apoyo.

Vasco empezaría a preguntarse dónde estaba si no se iba pronto.

–Pregúntale.

Stella se rio.

–Haces que parezca sencillo. «Mira Vasco, ¿vamos a casarnos o te reservas para otra más despampanante?».

–Mejor sin la última parte. O pídele que se case contigo.

Stella contuvo la respiración. Nunca podría hacerlo. La idea de que la rechazara era angustiosa y se le ocurrió otra posibilidad.

–Puedo preguntarle si tiene intención de nombrar a Nicky su heredero. Si no se casa conmigo, entonces Nicky no puede heredar.

–Adelante. Eso puede ayudarte a decidir si quedarte o no. ¿Es feliz Nicky ahí?

–Mucho. Ha pasado de ser tímido y callado a ser un niño abierto y expresivo. Creo que prefiere la atención y el cariño de familiares a tener que competir con otros niños en la guardería. Le va bien la vida tranquila de aquí.

–Y a ti también.

–Sí, me gusta vivir aquí. Es como vivir en un

hotel de cinco estrellas. La gente es encantadora y tengo el trabajo que a muchos restauradores les gustaría tener.

–Y a Vasco.

–De momento.

–Ve a preguntarle –dijo Karen con rotundidad–. Averigua qué tiene en la cabeza y no me llames hasta que lo sepas –añadió, y colgó bruscamente.

Nerviosa, Stella se levantó de la cama y se puso los zapatos. Vasco la estaría esperando con aquella seductora sonrisa en los labios y un brillo travieso en los ojos. Tenía que hacerle la pregunta antes de caer rendida bajo su hechizo.

En el pasillo, se cruzó con uno de los guardias y lo saludó con la cabeza. Ya ni siquiera le avergonzaba encontrarse con gente en sus deambulaciones nocturnas. Seguramente, todo el mundo en el palacio sabía lo que había entre Vasco y ella, y lo aceptaban como algo normal en una casa real.

No se sentía su pareja. Vivía en su palacio y vestía la ropa de marca que él le pagaba. Las novias normales se ocupaban de sus rentas y sus facturas de teléfono, y salían con amigas. Ella era una mujer mantenida, a pesar de que tuviera un trabajo muy bien pagado.

–*El meu amor* –susurró Vasco con su voz profunda desde la oscuridad de la habitación redonda.

Stella cerró la puerta después de entrar y buscó a Vasco entre el dosel de cuatro postes de la cama. Su figura estaba iluminada por los rayos plateados de la luna, destacando su torso musculoso y su rostro apuesto. Estaba desnudo entre las sábanas con los brazos estirados hacia ella para darle la bienvenida.

–Ven aquí que te desnude.

Ella contuvo el deseo de arrojarse a sus brazos y rendirse.

–Llevo aquí un mes –dijo sin más preámbulos–. Quiero saber qué lugar ocupamos Nicky y yo. Me refiero a si hay algo serio.

–Vivís aquí y este es vuestro hogar.

El corazón empezó a latirle más deprisa. ¿Estaba dispuesta a arriesgarse a perder lo que tenían?

–No puedo ser eternamente tu pareja.

–Eres mucho más que eso.

–Lo sé, soy la madre de tu hijo, pero ¿cómo afecta eso a nuestro futuro? –preguntó irguiéndose–. ¿Nos casaremos? ¿Se convertirá Nicky en rey algún día?

Él se rio.

–¿Ya estás pensando en cuando me muera?

–No –contestó ella levantando el tono de voz–. En absoluto.

No quería ser descortés con sus exigencias. Le resultaba insoportable la idea de Vasco muerto. Un hombre tan enérgico como él sería difícil de encontrar.

–Es solo que… –continuó–. Quiero que seamos una familia de verdad y que…

«Seamos felices para siempre».

Le ardía la cara y se alegró de estar a oscuras. Bueno, ya lo había dicho.

–Stella –dijo él levantándose de la cama y acercándose a ella–. Somos compañeros en todos los sentidos.

Stella se rodeó con los brazos al ver que se acercaba. Su intenso olor masculino la invadió.

–No quiero ser la concubina del rey. La gente habla, la prensa especula. Es vergonzoso.

–A la gente le gusta hablar de los miembros de la realeza. Es lo malo de vivir bajo la atención pública. No hay necesidad de leer esas cosas ni de preocuparse por ellas. Estamos hablando de nuestras vidas y a nadie más le importa.

La rodeó con el brazo por la cintura y Stella sintió un pellizco en el estómago. ¿Por qué era siempre tan razonable y la hacía sentir tan tonta?

Trató de imaginarse la peor situación.

–¿Tienes pensado casarte con otra algún día? ¿Con una aristócrata tal vez?

–Eso nunca. Nuestro hijo será rey y tú serás mi reina –dijo rozando los labios con los suyos–. Disfrutemos de la noche.

Vasco le cubrió un pecho con la mano y se le endureció el pezón. Stella ladeó la cabeza para ajustarse a su beso y le acarició los cálidos músculos del torso. ¿Cómo conseguía siempre provocarle aquello? Una vez más, se sentía embriagada por el placer del momento.

Quizá deseaba demasiado. ¿No era suficiente disfrutar de la vida en aquel sitio tan idílico con el hombre que la volvía loca? Vasco la desnudó lentamente, recorriendo todo su cuerpo con la lengua. Ella arqueó la espalda, dejándose llevar en aquel océano de placer que él creaba a su alrededor. La mayoría de las mujeres matarían por un amante tan creativo y atento, además de por todas aquellas cosas de las que disfrutaba en el palacio.

Stella le acarició el mentón, deleitándose con la incipiente barba. Los ojos de Vasco brillaron con deseo mientras él la ayudaba a quitarse los pantalones. La química entre ellos era evidente. Nunca antes había sentido nada igual. ¿De verdad estaba dispuesta a dejar a Vasco solo porque no pensaba casarse con ella?

Todo su cuerpo gritaba que no. Vasco la tomó en brazos y cayeron juntos en la cama. Su cuerpo deseaba el suyo y, a juzgar por su erección y las dulces palabras que le susurraba al oído, el sentimiento era mutuo.

Stella jadeó de placer cuando la penetró y juntos se entregaron a una danza erótica que los llevó hasta su universo particular de éxtasis, en donde nada más existía. Después, estaba demasiado agotada para pensar y mucho menos para hablar.

Al día siguiente, llamó a Karen como le había prometido.

—Me dijo que siempre seré su reina.

—¿Qué más podrías desear?

—Una fecha de boda. Recuerda cómo Trevor siempre me ponía excusas para retrasarla. «Somos muy jóvenes. Tenemos toda la vida por de-

lante. No se puede precipitar esa clase de cosas».
Quizá al principio lo decía de verdad, pero creo
que con el tiempo se sentía a gusto de cómo estaban las cosas y no quería cambiarlas.

–Gracias a Dios que Vasco no es Trevor.

–Si hay algo que haya aprendido en los últimos
diez años es que, si un hombre se acomoda, puede permanecer así para siempre. Después de que
rompiéramos, Trevor me reconoció que nunca se
habría casado conmigo ni habríamos tenido hijos.
No quería asumir esa responsabilidad.

–Siempre te dije que era despreciable.

–Prefería vivir en un limbo entre la libertad y
las responsabilidades de la vida familiar. Quería
la seguridad de tener citas los viernes, pero no la
obligación de cambiar pañales ni de ahorrar
para la universidad.

–Ni una esposa a la que querer cuando tuviera el pelo cano y patas de gallo –concluyó Karen–. Es como mi ex. Les gusta dejarse la puerta
de atrás abierta.

–Yo no puedo vivir así. Después de romper
con él, tomé la decisión de formar una familia yo
sola. Elegí un tipo de vida conforme a mis gus-
tos, y no voy a dar marcha atrás y vivirla según los
de otra persona.

–Stella, un mes no es lo mismo que nueve años.

–Durante esos nueve años, esperé mes tras
mes. Nunca más. Ahora es peor porque personas
que ni siquiera conozco sienten curiosidad. Deberías ver los titulares. Son humillantes.

Karen suspiró.

—Creo que podría acostumbrarme a ser la concubina de un rey, si hay suficientes diamantes de por medio.

—Vamos, déjalo ya.

—Tengo una idea.

—Conociéndote, será una locura.

—Escucha: si le preguntas si vais a casaros y te sale con la chorrada de que eres su reina, tírate algún farol.

—¿Cómo?

Empezaba a tener una desagradable sensación.

—Si le cuentas a alguna de esas revistas de cotilleos que Vasco y tú os vais a casar, ¿lo negaría?

Stella se encogió de hombros.

—Probablemente no. Se limitaría a asentir y sonreír y diría que sí, que algún día.

—Pero ¿qué pasaría si les dijeras que no vais a casaros?

—No te entiendo.

—Está acostumbrado a hacer lo que quiere y a que todo el mundo obedezca. Si tú, la madre de su hijo y heredero, la mujer a la que considera su reina, dice que no va a casarse con él, se verá obligado a hacer algo, ¿no? Los hombres siempre quieren lo que no pueden tener.

—Bueno…

Karen tenía razón. Seguramente se sentiría molesto por un rechazo tan abierto.

—Querrá hacerte cambiar de parecer.

—¿Proponiéndome matrimonio y convirtiéndome en su esposa en menos de una semana?

Stella se rio, pero la idea empezaba a resultarle sugerente.

–No sé, Karen. No es mi estilo –concluyó.

–Lo has intentado a tu manera y no ha funcionado. Si no habla contigo en privado del futuro, oblígalo a hacerlo en público. Al menos así obtendrás una respuesta.

Stella se mordió el labio inferior.

–Tienes razón. Si no va a casarse conmigo, es mejor que lo sepa cuanto antes para poder continuar con mi vida. Tu idea es una locura, pero puede funcionar.

# *Capítulo Nueve*

Resultó sencillo hacerle llegar la información a la prensa. Stella había supuesto que la misteriosa cronista de sociedad del periódico local sería una viuda madura y glamurosa, que viviría en la ciudad.

Todo lo que publicara, saldría también en los medios digitales puesto que no se resistiría a que todos supieran que había averiguado algo nuevo.

Esa mujer, Mimi Reyauld, estaba continuamente a la caza de noticias, así que sería fácil hacer correr sus comentarios. Tras tres visitas a la ciudad con la excusa de comprar revistas y juguetes para Nicky, Stella se las arregló para encontrarse con ella en la plaza del mercado.

—Stella, querida, está muy guapa. ¿Cómo está esa preciosidad de hijo que tiene?

—Nicky está durmiendo la siesta. Es el momento que aprovecho para estirar las piernas y hacer algunas compras.

La mirada de Mimi se posó en su mano.

—Es un encanto. Estoy segura de que será la viva imagen de su padre cuando crezca.

Stella sonrió. No había reconocido públicamente que Nicky fuera hijo de Vasco, pero sabía que la gente lo daba por hecho. Era evidente que Mimi estaba intentando sonsacarle algo.

–Probablemente. Por cierto, ¿va a venir al baile de máscaras del viernes?

Casi todas las personas adultas estaban invitadas a aquella legendaria fiesta anual y el palacio hervía con los preparativos.

–No me lo perdería por nada del mundo. Vasco organiza unas fiestas estupendas –dijo la cronista y echándose hacia delante, añadió–: ¿Cuándo anunciarán su compromiso?

–¿Compromiso? –repitió Stella tratando de disimular el pánico que sentía–. Vasco y yo no tenemos planes de boda.

No había dicho más que la triste verdad.

Mimi abrió los ojos como platos.

–Vamos, querida, no sea tímida. Todo el mundo en Montmajor se ha dado cuenta de lo enamorados que están.

Stella sintió que se le secaba la boca. ¿De veras? En su caso era verdad, pero no para Vasco.

–No sé de dónde han sacado esa idea. Vasco y yo no vamos a casarnos.

Le dolía decirlo en voz alta, pero, si era cierto, prefería saberlo ya a descubrirlo meses o años más tarde cuando le resultara más difícil poner fin a aquella extraña situación.

–Vaya –exclamó Mimi sorprendida.

Sin duda alguna, confiaba en ser la primera en dar la exclusiva del compromiso. Se había quedado decepcionada.

–Supongo que habrá muchas mujeres que se

alegrarán de saberlo –continuó Mimi, ajustándose la correa del bolso al hombro–. Estoy deseando verla en el baile, aunque no sé si me reconocerá con la máscara.

Mimi se marchó, dejando a Stella algo aturdida.

Lo había hecho. Algunos otros comentarios que había hecho de pasada a Mimi anteriormente, también habían sido publicados. Tenía sentido. Apenas había cotilleos jugosos en Montmajor, así que era inevitable que también publicara lo que le había comentado. Era muy europeo aquello de que el cronista de sociedad fuera un viejo amigo de la familia.

Esa noche, cuando estaba con Vasco, se sintió como una traidora. Aunque no le había pedido que fuera discreta sobre su relación, lo había sido hasta ese momento.

Solo le había contado a Karen lo que estaba pasando. Ni sus besos ni sus abrazos consiguieron desvanecer la sensación de culpabilidad que le había dejado hablar de su relación en público.

Al día siguiente, la historia aparecía en la crónica de sociedad y por la tarde se había extendido por otros periódicos europeos con titulares como *El apuesto Vasco Montoya aún es el soltero más deseado de Europa.*

Vasco no tardó mucho en enterarse.

–¿Qué significa esto? –preguntó blandiendo el periódico–. Le has dicho a Mimi que no vamos a casarnos.

–¿Mimi? –repitió Stella con inocencia–. ¿Qué tiene que ver ella con el periódico?

–Es la señora Rivel, la cronista de sociedad. Todo el mundo en Montmajor lo sabe.

–¿Y sigues invitándola a fiestas?

–Es una anciana muy dulce que nunca escribe nada que pueda molestar. ¿Por qué lo has dicho?

Nunca antes lo había visto tan serio. No estaba enfadado, pero sí muy molesto.

En parte se sentía contenta de que le importara.

–Es la verdad. No vamos a casarnos.

–¿Quién lo ha dicho? –preguntó acercándose a ella.

–Cada vez que te pregunto por el futuro, empiezas a besarme o cambias de tema –respondió Stella sin poder creerse lo valiente que estaba siendo–. Ya que todo el mundo habla de nuestros planes de boda, pensé que lo mejor sería dejarlo todo claro.

–Creo que esta relación debe quedar entre nosotros –dijo Vasco frunciendo el ceño–. No es asunto de nadie más.

–No he hecho un anuncio, solo he tenido una breve conversación con Mimi en la plaza del mercado. Teniendo en cuenta que es la verdad, no he hecho ningún daño.

–Ahora, todo el mundo querrá saber por qué no vamos a casarnos –dijo él entornando los ojos.

Stella sintió que el corazón se le encogía. Vasco acababa de confirmar lo que ella había dicho.

Deseó que se la tragara la tierra. Al menos ahora sabía qué terreno pisaba.

–Entonces, diles la verdad –replicó ella, y tragó saliva–. Diles que no estamos enamorados.

Contuvo el aliento. Tenía la esperanza de que le dijera que la amaba con todo su corazón.

Pero no lo hizo. Vasco se limitó a mirarla fijamente unos segundos, antes de darse la vuelta y marcharse.

Stella se apoyó en la pared mientras oía sus pasos alejándose. Había pensado que aquel comentario a la periodista los uniría. Sin embargo, había tenido el efecto contrario. Al menos, tenía una máscara plateada de lentejuelas con la que ocultar sus lágrimas durante el baile de aquella noche.

Vasco, enmascarado como todos los demás, se mezclaba entre los invitados. El anonimato añadía una dosis de emoción a la ocasión, y el champán corría a raudales. Estaba enfadado. Le sorprendía lo mucho que las palabras de Stella le habían afectado.

No se había detenido a considerar los sentimientos de Stella. Había llegado allí como madre de su hijo, pero se había convertido en mucho más. Durante las noches que habían pasado juntos habían tejido entre ellos una red de pasión que los unía estrechamente. Disfrutaba de su compañía y la buscaba incluso cuando estaba trabajando u ocupado con otras tareas.

Stella se había convertido en el centro de su vida y la compartía con ella de una manera muy íntima. Sin embargo, había negado su relación en público.

No podía negar que había evitado hablar del futuro cada vez que le había preguntado. Hacía poco que se conocían y el futuro estaba muy lejano. Habría mucho tiempo para tomar decisiones de ese tipo más adelante.

Se sentía abrumado por los sentimientos que lo embargaban desde que había descubierto la existencia de Nicky, además de por lo que sentía por Stella. Necesitaba tiempo para adaptarse al hecho de que su familia había aumentado y que aquellas nuevas personas eran más próximas a él que sus padres o hermanos.

Pero ella había dado un paso al frente para decir que no se amaban. Una sensación desconocida y dolorosa se instaló en la boca de su estómago.

Dio un sorbo de champán y escuchó la música que llegaba desde el salón de al lado.

–*Cavaller* –dijo una mujer con una máscara verde, saludándolo a la vieja usanza.

–A su servicio, señora.

Le besó la mano, suave y perfumada, pero no era la de Stella.

Sabía exactamente dónde estaba en aquel momento, al otro lado de la estancia, con un vestido azul y una máscara a juego. Había decidido ignorarla durante toda la noche, pero le resultaba imposible apartar los ojos de ella.

El dolor y la furia que sentía le hacían desear que coqueteara con otro hombre para poder enfadarse y despreciarla. Pero hasta el momento, solo había hablado con mujeres o con hombres de más de setenta años.

—Su baile de máscaras es magnífico, como de costumbre, Majestad.

La mujer de verde tenía una voz sensual que no reconocía.

—Es muy amable. ¿Me concedería este baile?

—Será un placer.

Los ojos oscuros brillaron detrás de la máscara.

Le ofreció el brazo a la desconocida y miró de reojo a Stella para comprobar si se había dado cuenta. Le molestó que estuviera absorta conversando con una de las antiguas bibliotecarias locales y no le prestara atención. Rodeó con un brazo a su acompañante por la cintura y se dirigieron a la pista de baile. Le pidió al director de orquesta que interpretaran un tango y llegaron al centro cuando los primeros compases empezaban a sonar. No necesitaba a Stella. Siempre había disfrutado de la vida y nada iba a impedir que siguiera haciéndolo.

Hizo girar varias veces a su pareja, que se movía con soltura sin dejar de sonreír. Volvió a mirar en la dirección de Stella y descubrió que esa vez sí lo estaba observando.

Estrechó a su acompañante y ejecutó varios pasos antes de hacerla dar otra vuelta. Sus músculos disfrutaban con cada movimiento. Otra mirada de reojo le confirmó que Stella tenía los ojos clavados en él y esbozó una sonrisa triunfante. Tal vez no lo amara, pero no podía desviar la atención.

Después del baile, su pareja de la máscara verde aceptó una copa de champán y se ofreció a quitarse la máscara para descubrirse el rostro.

–No se la quite –murmuró él–. Es una noche para el misterio y la magia.

–Pero yo sé quién es usted –protestó–. ¿No es justo que sepa quién soy yo?

–La vida no siempre es justa.

–Supongo que es una actitud positiva para un rey. No todo el mundo hereda un reino. ¿Es cierto que ya tiene un heredero?

–Así es.

Nunca renegaría de Nicky.

–Entonces, también ha elegido esposa.

–Quién sabe lo que deparará el futuro –dijo él tomando su mano y besándola.

Su intención era enfadar a Stella, pero se resistió a mirar para comprobar si lo estaba viendo. Podía sentir su mirada.

Aunque no lo amara, Stella se sentía muy atraída hacia él y se aseguraría de encender la llama de su pasión cuando estuvieran juntos aquella noche. Por el momento, flirtear y bailar con otras mujeres estaba siendo de gran ayuda para atraer su atención.

–Hola –dijo una mujer esbelta vestida de plata con una larga melena rubia–. Qué fiesta más maravillosa.

–Me alegro de que esté disfrutando –contestó, dándole la espalda a la señorita de verde.

–Siempre he querido conocerle –dijo con acento francés–. Soy…

Vasco le puso un dedo en los labios.

–No estropee el misterio. Bailemos.

No quería saber quién era. La tomó de la mano y la llevó a la pista, donde se entregó al placer de bailar. Stella era tan solo una mujer entre millones.

Pero ¿por qué era la única a la que quería?

Stella se encogía entre las sombras cada vez que veía a Vasco sonreír a otra mujer o besarle la mano.

Al principio no había podido quitarle los ojos de encima cuando bailaba. Se movía con la gracia y la destreza de un profesional. Las mujeres parecían derretirse entre sus brazos y sus sonrisas de ensimismamiento la deslumbraban cada vez que cometía el error de mirarlas.

¿De veras pensaba que podía ser su mujer perfecta? Aunque no lo hubiera enfadado con sus comentarios a la periodista, habría bailado y coqueteado con todas aquellas mujeres como parte de su papel de anfitrión. Las mujeres se acercaban a él como trozos de metal a un imán. No solo era rico y miembro de una dinastía real, también era guapo, atrevido y encantador. Era evidente que disfrutaba de la compañía de aquellas mujeres. Con razón no quería casarse. ¿Por

135

qué renunciar a todo aquello para pasar el resto de su vida con ella?

Era demasiado esperar. Era una simple restauradora de libros que había llevado una vida tranquila y monótona hasta que Vasco había irrumpido en ella, mostrándole todo lo que se había estado perdiendo hasta entonces.

Gracias a Dios que llevaba la máscara. Le daba calor y le picaba, pero al menos ocultaba su gesto de desesperación. Se había relajado en su búsqueda de un empleo y apenas había mantenido el contacto con nadie porque no quería dar a conocer su situación. Tal vez se debía a que sencillamente no soportaba la idea de marcharse.

Además estaba Nicky. En vez de dejarlo ocho horas al día en una guardería, se quedaba al cuidado de personas que lo adoraban y podía estar con él cada vez que se tomaba un descanso. Incluso habían dispuesto que algunos empleados llevaran a sus hijos al palacio para que pudiera tener compañeros de juegos. Había pasado de tener un vocabulario de apenas unas palabras a construir frases incluso en catalán. Su felicidad era innegable. Ya no lloraba cuando lo dejaba ni se contagiaba con las enfermedades de los otros niños.

¿Podía apartarlo de aquel pacífico entorno y regresar a su frenética rutina? Eso, si tenía la suerte de encontrar un trabajo.

Un camarero le ofreció champán y ella sacudió la cabeza. Necesitaba tener la mente despejada puesto que su vida y la de su hijo dependía de las decisiones que tomara.

No acababa de gustarle la idea de que Nicky se convirtiera en rey, pero tampoco parecía una vida muy dura si las cosas resultaban de aquella manera. Y si no salía así porque Vasco se casaba con otra mujer…

Sintió una punzada de celos. Era físicamente doloroso verlo reír y hablar con otras mujeres. Al menos, si regresaba a Estados Unidos no tendría que verlo y atormentarse por desear lo que no podía tener. Sabía que Vasco no tenía derecho a reclamar a Nicky ni a verlo siquiera. Si quería, podía irse aquella misma noche con su hijo y no volver nunca más.

La idea la dejó helada. Sabía en lo más profundo de su corazón que nunca les haría eso a Nicky ni a Vasco. El pequeño adoraba a su padre. Por su parte, Vasco les había abierto su hogar y se había entregado a su papel de padre con dedicación. Esa había sido una de las razones por las que se había enamorado de él y estaba dispuesta a morir antes que apartar al niño de su padre.

Así que Nicky y ella tenían que quedarse.

Miró de soslayo y vio a Vasco en los brazos de otra mujer. Alta y ataviada con un vestido morado, su sonrisa brillaba tanto como su máscara blanca. Stella hizo una mueca que su antifaz ocultó. Tenía que decirle que ya no podían estar a solas. Sería una empleada más, no su amante. No estaba hecha para ser la concubina de un rey y ya sabía que nunca sería más que eso si se quedaba allí.

Arrastrando su tristeza, salió del salón y avanzó por el pasillo. Vasco ni siquiera se daría cuenta de que se había marchado. No le había dirigido la palabra durante la fiesta. No había duda de que quería poner fin a los rumores de que había algo entre ellos.

Se quitó la máscara, subió a su habitación y entró en la de Nicky, donde una empleada del palacio estaba cuidando de él aquella noche.

–Ya puede marcharse. Estaré aquí –dijo con una sonrisa temblorosa.

–¿Está segura? No me importa quedarme hasta mañana.

La joven parecía algo avergonzada. Todo el mundo en el palacio sabía que las canguros se quedaban allí toda la noche mientras Stella la pasaba con Vasco.

–No, gracias. Me quedaré aquí.

Se lavó la cara y se puso un pijama que hacía tiempo que no se ponía. Las sábanas estaban frías. Se había acostumbrado a tener un cuerpo cálido junto al suyo y ahora la cama estaba vacía.

Se acostumbraría. Se abrazó y trató de no pensar en Vasco bailando abajo con otras mujeres. ¿Se llevaría a alguna a la habitación redonda para pasar la noche? ¿O esperaría encontrarla allí a pesar de su discusión?

Se dio la vuelta y se tapó la cabeza con la sábana para no oír la música de la fiesta. Se las arreglaría sin Vasco. Quizá encontrara a otro hombre, alguien más sensible y responsable con quien pudiera tener una relación de verdad. Los monarcas no estaban hechos para las relaciones modernas. Esperaban que todo el mundo estuviera a su entera disposición, y ella ya había cumplido.

Aunque después de Vasco, iba a ser muy difícil encontrar a alguien tan interesante.

No podía dejar de dar vueltas e intentó concentrarse en los sonidos de Nicky, pero no distinguió nada. Solía tener una novela empezada en la mesilla para momentos como aquel, pero como hacía tanto tiempo que no dormía allí, no se había molestado en buscar una. Podía escaparse a la biblioteca y elegir algo, pero corría el riesgo de que alguien de la fiesta la viera en pijama o, peor aún, de ver a Vasco llevándose a su última conquista a una habitación.

No, tenía que quedarse en la cama. Había decidido quedarse mirando al techo hasta que se durmiera, cuando alguien llamó a la puerta.

—¿Quién es? —dijo incorporándose asustada. ¿Había cerrado con llave?

—No has venido a nuestra habitación.

La voz profunda de Vasco resonó en la oscuridad.

Se le contrajo el pecho. ¿De veras esperaba que fuera allí después de haber discutido y haber estado separados toda la noche?

—He pensado quedarme aquí a dormir.

—Estás enfadada conmigo.

—No, es solo que tengo sueño.

No quería que supiera cuánto le había molestado verlo con todas aquellas mujeres. Ni siquiera sabía por qué. Tan solo había bailado con ellas. No quería darle la satisfacción de que supiera que le había afectado.

–Yo también. Ha sido una noche agotadora.

La habitación estaba demasiado oscura para ver algo más que su contorno, pero oyó que se quitaba la ropa. Contuvo la respiración. ¿Pretendía meterse en su cama sin que lo invitara?

Oyó que algo caía al suelo. ¿Los pantalones? Se le aceleró el corazón y trató de distinguir algo en la oscuridad. Sintió que se acercaba y se aferró a la sábana.

–No puedes meterte en la cama conmigo.

–¿Por qué no?

–Quiero estar sola.

–Cada vez que bailaba con alguien, estaba pensando en ti. Imaginaba que te estaba abrazando y dando vueltas contigo.

Stella se mordió el labio. Sus músculos empezaban a relajarse. Le perdonaba todo y quería sentirlo cerca. Cuando sintió su peso sobre ella, fue incapaz de hacer que se apartara. Luego se levantó la sábana y Vasco se metió bajo ella. Sus muslos estaban calientes y sus brazos la rodearon antes de que pudiera reunir las fuerzas para resistirse. Qué engreído dar por sentado que sería bienvenido. Aun así, su olor alteraba sus sentidos, despertando en ella el deseo.

–Tienes que quitarte esto –dijo él tirando de la tela del pijama.

¿Y si no quería quitárselo? Quizá quería dormir de verdad.

Su cuerpo decía lo contrario. Los músculos ya se le habían relajado y los pezones se habían endurecido. Vasco le quitó la parte de arriba y la besó en la boca antes de chuparle cada pezón con la lengua. La pasión se desató en ella y se aferró a él atrayéndolo más cerca. Su pene erecto y dispuesto intensificaba su excitación.

Había bailado con todas aquellas mujeres, pero era a ella a la que había ido a buscar para pasar la noche a su lado.

Quería decirle que lo amaba, pero el sentido común se lo impidió. Era evidente que Vasco tenía miedo al compromiso, por lo que una declaración así podía asustarlo. Lo que daría por oírlo de él…

La penetró lentamente, besándola con pasión. Sus movimientos eran contenidos. Apenas movía las caderas y la abrazaba con fuerza. Stella sentía los latidos de sus corazones y cada inspiración que llenaba sus pulmones. Permanecieron tumbados, detenidos en el tiempo, con los cuerpos unidos. El dolor y la ira habían desaparecido, dando paso a la felicidad y la exaltación que invadían su cuerpo y su mente.

En aquel momento le parecía una tontería exigirle matrimonio. ¿Qué importaba un papel cuando era evidente que estaban hechos el uno para el otro? Vasco no tenía que decirle con palabras que la quería. Podía sentirlo en sus caricias con un idioma más sutil y antiguo que cualquiera de los que hablaba.

Empezaron a moverse de nuevo, esa vez con

una energía ferviente que la hizo jadear y estremecerse de pasión. Rodaron en la cama, turnándose para intensificar la excitación del otro. La música de abajo parecía acompañar su danza erótica. Ninguna de aquellas personas importaba, solo ellos dos viajando cada vez más lejos hacia aquel territorio de éxtasis.

Las sacudidas del orgasmo la estremecieron mientras sentía que Vasco explotaba en su interior, murmurando una y otra vez su nombre.

«Te quiero».

De nuevo, aquellas palabras afloraron a sus labios, pero no iba a pronunciarlas. Se lo había dicho con el cuerpo, a la vez que ella con el suyo. No se podía negar la conexión que había entre ellos. Compartían un hijo, además de algo menos tangible pero igual de precioso.

—Te he echado de menos.

Aquella confesión hizo que Stella sonriera.

—Yo también te he echado de menos. Pensé que estabas enfadado conmigo.

—Lo estaba —dijo él besándola suavemente—. Quería ponerte celosa.

—Ha funcionado. Estaba deseando bailar contigo.

Vasco la sacó de la cama y la obligó a levantarse. Stella sintió el frío de la piedra bajo sus pies, mientras él la rodeaba con sus fuertes brazos. Luego, empezaron a bailar en medio de la oscuridad. La música todavía se escuchaba, envolviéndolos con sus suaves notas. Vasco la estrechó contra él mientras giraban alrededor de la amplia habitación con tanta suavidad que parecían estar flotando.

–Para lo que desee, milady –dijo haciéndola girar una última vez.

Luego, besó su mano.

–Excepto matrimonio.

Se le escaparon las palabras antes de poder evitarlo. Sintió que se apartaba, a pesar de que no se había movido. Había roto la magia con sus estúpidas preocupaciones.

–Deberías estar tranquila. Has dejado claro que no vamos a casarnos –dijo él en voz queda.

Quería decirle que lo había hecho con la esperanza de que cambiara de opinión, pero eso la haría parecer patética. Si Vasco decidía casarse con ella, entonces ocurriría. Él era así, un torbellino. ¿Cómo si no había acabado viviendo allí, en un país extraño, a los pocos días de conocerlo?

–Quisiera formalizar mi relación con Nicky –declaró él apartándose unos centímetros–. Quiero ser su padre a los ojos de la ley.

–Supongo que no será complicado teniendo en cuenta que puedes cambiar las leyes cuando quieras.

Le pareció verlo sonreír, a pesar de la falta de luz. Debía de ser peculiar tener tanto poder. Podía resultar tentador abusar de él. Sabía que Vasco no era un hombre cruel, pero podía ser arrogante y muy exigente. Sin duda alguna, eso debía de ir implícito en el hecho de ser rey.

–Creo que será suficiente con una declaración.

Y quizá una ley confirmando que los hijos nacidos fuera del matrimonio pueden heredar el trono.

–Supongo que es una manera de adaptarse a los tiempos.

Ni siquiera necesitaría el consentimiento de Stella. Las pruebas de ADN habían confirmado que era el padre de Nicky. No intentaría apartar al niño de él. Su hijo adoraba a su padre.

–Desde luego. Así queda asegurado que Nicky será rey algún día.

En aquel momento ni siquiera se estaban rozando. Sus cuerpos estaban separados y se le puso la piel de gallina con el aire que entraba por la ventana. Quizá fuera simplemente el amor que sentía por Nicky lo que lo atraía a ella. Tal vez quería estar seguro de que se quedaría y esa era la única manera que se le ocurría para conseguirlo. Pagaba su lealtad y la presencia de su hijo con una pasión que hacía arder su corazón, pero que dejaba frío el suyo.

Una sensación de desesperación y soledad la invadió, haciendo desaparecer la felicidad que había sentido hasta hacía tan solo unos instantes. Se apartó de él y volvió a la cama.

–Será mejor que durmamos.

Vasco debía de estar ansioso por marcharse, como cada noche, de vuelta a su mundo.

Le oyó recoger su ropa en medio de la oscuridad.

–Buenas noches, Stella, que duermas bien.

Sintió el roce de sus labios y el corazón le dio un vuelco.

Iba a ser incapaz de dormirse. Estar con Vasco la estaba volviendo loca. Tan pronto la colmaba de alegría haciéndola la mujer más feliz del mundo, como al minuto siguiente se sentía sola y angustiada, convencida de que no la amaba y que nunca lo haría. Podía hacer todos los planes que quisiera cuando estaba sola, pero en cuanto estaba con Vasco, el sentido común y la determinación desaparecían en el ardor de la pasión.

Era imposible quedarse allí con él en el palacio sin perder la cabeza.

# Capítulo Diez

La bibliotecaria le facilitó los datos de los propietarios de bibliotecas privadas cercanas que podían necesitar una restauradora. Stella no le dijo nada de que estuviera buscando también un sitio para vivir.

Tuvo suerte de dar con una familia cercana que pasaba la mayor parte del año en París y que tenía una casa en Montmajor, a unos diez minutos en coche del palacio.

Después de una llamada y de pedir referencias a su antiguo jefe de California, la contrataron por tres meses para que restaurara unos ejemplares. Lo mejor era que podía quedarse en su casa, lo que le daría tiempo para encontrar un sitio definitivo en el que vivir y espacio para pensar en su vida.

Esperó unos días a que Vasco saliera de la ciudad. Sabía que, si se lo contaba, la haría cambiar de opinión con tan solo una mirada. Había intentado muchas veces resistirse a él, pero siempre había fallado. Tenía que dar el paso cuando no estuviera para que no la persuadiera de lo contrario.

Mientras esperaba a que se marchara, había dormido en su habitación, sola, con la excusa de que era ese momento del mes. Había sentido una mezcla de alivio y desilusión al comprobar que no estaba esperando otro hijo de Vasco.

Sin más pertenencias que las que cabían en una maleta, la mudanza no requería más preparativos que meter los juguetes de Nicky en una caja y llamar a un taxi.

—¿Qué quieres decir con que te marchas? —preguntó alarmada la tía Lilli, abriendo los ojos como platos.

—Me voy a vivir aquí cerca, a Castell Blanc. Voy a trabajar en su biblioteca y me quedaré a vivir allí. Si les parece bien, y Vasco está de acuerdo, me gustaría traer a Nicky todos los días para que esté con ustedes.

—A Vasco no le va a gustar esto —intervino la tía Frida sacudiendo la cabeza—. No le va a gustar nada.

Stella tragó saliva.

—Lo sé, pero se me hace difícil seguir viviendo aquí. Algunas cosas son complicadas.

—¿Complicadas? Vasco está loco por ti —dijo la tía Mari cruzándose de brazos—. Tienes que casarte con él.

—Me ha dejado claro que no va a casarse conmigo. Creo que con nadie. No cree en el matrimonio y dice que es una forma de estropear las relaciones.

—Pero fuiste tú la que le contó a Mimi que nunca te casarías con él.

—Conocía su postura. Para ser sincera, esperaba que cambiara de opinión, pero está decidido a seguir soltero y no puedo seguir viviendo aquí como si fuera una concubina.

Lilli contuvo la respiración.

—Hablaré con él. He intentado convencerlo de que eres una buena chica. Es muy obstinado.

—Típico de los hombres —intervino la tía Frida.

—Quizá lo mejor es que te vayas a vivir a otro sitio. Entonces se dará cuenta de lo que se está perdiendo.

Stella se encogió de hombros. No podía dejarse llevar por la esperanza de que las cosas cambiaran. La gente rara vez cambiaba.

—Quiero que Nicky crezca con su familia, incluyéndolas a ustedes. Tengo intención de quedarme en Montmajor, pero tengo que dejar el palacio hoy mismo.

—Lo entiendo —dijo Lilli asintiendo—. ¿Lo traerás mañana?

—Sin falta. A menos que Vasco monte una barricada contra mí en el castillo.

—No es tan tonto —comentó Mari mirando a Nicky—. Espero que entre en razón antes de que sea demasiado tarde.

El corazón le pesaba más que la maleta al salir del palacio por el gran arco. No había ido hasta allí para casarse con él. Tampoco había previsto enamorarse locamente. Esa era la verdadera razón por la que tenía que marcharse. Le resultaba muy doloroso dormirse en sus brazos y soñar que formaban una familia, sabiendo que no tenía intención de mantener una relación estable. ¡Ni siquiera estaba a su lado al despertarse por las mañanas!

Si no hubiera esperado nueve años por un compromiso que nunca había llegado de Trevor, sus sentimientos serían diferentes. Pero la vida la había hecho como era, y se había prometido no volver a pasar por lo mismo.


–¿Qué quieres decir con que se ha ido?

Vasco miró hacia el pasillo por detrás de Lilli. A mediodía del domingo había regresado de su viaje a Suiza y se había encontrado el palacio en silencio.

–Se mudó hace cuatro días. Nos dijo que era por motivos personales.

No quería hablar demasiado delante de los empleados.

–Ven a mi despacho –dijo él pasando a su lado.

¿Cómo podía Stella hacer aquello? Sabía que era feliz en el palacio, aunque lo cierto era que lo había estado evitando la última semana. La excusa de que tenía el período le había resultado convincente en su momento, pero ahora dudaba.

Debía de tener planeado que iba a marcharse y había guardado las distancias.

Abrió la puerta del despacho y después de que entrara Lilli, la cerró de un portazo.

–¿Dónde está Nicky?

–Con Stella, claro.

–Dijo que se quedaría aquí, que le gustaba

Montmajor y que era un buen sitio para que Nicky creciera.

—No ha dejado el país. Está viviendo en Castell Blanc.

—¿La vieja casa de Óscar Mayoral? ¿Por qué?

—Está trabajando en los libros de su biblioteca. Y también viviendo allí.

—¿Cómo es que conoce a Mayoral?

Lilli se encogió de hombros.

Al menos, el hombre era un septuagenario. Estaba casado y tenía hijos y nietos, así que no corría el riesgo de perder a Stella por él.

—¿No vive en el extranjero?

—Sí —contestó Lilli.

—¿Así que está allí sola?

—Con el ama de llaves y el jardinero.

Vasco respiró hondo y trató de hacerse a la idea de que Stella viviera en otro sitio que no fuera el palacio.

—Tengo que hacerla volver.

—No quiere seguir viviendo aquí como tu… amante —dijo Lilli, entornando los ojos al pronunciar la última palabra.

—¿Es eso lo que te ha dicho?

—Con esas palabras. Sabe que no vas a casarte con ella y es una mujer de principios para seguir viviendo aquí contigo en pecado, sobre todo teniendo un hijo en el que pensar.

—¿Vivir en pecado? No todo el mundo tiene un código moral desfasado como el de mis tías.

Lilli alzó la barbilla y se cruzó de brazos.

—No, claro que no. Quiere casarse contigo.

–Le dijo a la prensa que no se casaría conmigo.

–Tonterías. Le dijo a Mimi que sabía que nunca te casarías con ella. Quizá no lo dijo con esas palabras, pero todos sabemos que es la verdad. No se quedará a vivir aquí a menos que te cases con ella.

–El matrimonio no es para mí.

–Entonces, Stella tampoco es para ti. Ni Nicky.

El pánico se apoderó de él unos segundos, pero luego se calmó.

–Ha accedido a que me convierta en el padre legal de Nicky. Oficialmente será el siguiente en la línea al trono.

–¿Después de que mueras? Vaya consuelo. ¿No quieres disfrutar de él ahora mismo?

–Por supuesto que sí. ¿Me estás diciendo que Stella no va a dejarme ver a Nicky a menos que me case con ella?

¿Por qué había tenido que estropearlo todo Stella cuando las cosas entre ellos iban tan bien?

–Stella ha estado trayendo a Nicky por las mañanas para que pase el día con nosotras. No tiene ninguna intención de apartar a Nicky de su familia.

–Así que va a seguir viniendo al palacio.

La vería cada día. Podría tentarla. Ya sabía que se le daba bien.

–Sé lo que estás pensando, jovencito. Si intentas seducirla, solo conseguirás apartarla aún más. Deja de pensar como un amante y piensa como un padre.

151

Vasco se dio la vuelta. Eso era precisamente lo que no quería hacer. Si empezaba a organizar su vida en torno a asuntos domésticos, acabaría tan vacía como la de sus antecesores. La pasión y el deber no compaginaban.

—¿La amas?

La pregunta de Lilli interrumpió sus pensamientos.

—¿Qué clase de pregunta es esa para un rey?

—Es una pregunta que tienes que hacerte.

—No sé lo que es el amor. Soy un Montoya, ¿recuerdas?

—Ese es el problema contigo. Los Montoya piensan con la bragueta y gracias a las mujeres, este país ha seguido funcionando durante todos estos años.

—Debería encerrarte en las mazmorras por hacer ese comentario.

—Veo que te estoy haciendo reflexionar —dijo Lilli, con un brillo divertido en los ojos.

—Tonterías, me estás enfadando. Y tengo hambre —añadió deseando poner fin a aquella conversación—. Por favor, pídele a Joseph que sirva la comida de inmediato.

Se dio la vuelta y sacó el teléfono, dando a entender que la conversación había terminado.

Su tía Lilli no se movió. Aunque era menuda, parecía llenar el despacho con su sola presencia.

—Tráela de vuelta a casa, Vasco.

***

–Señorita Greco, ha venido alguien muy importante a verla.

La vieja ama de llaves se secó las manos en su delantal de flores. Sus enormes ojos lo decían todo.

–Su Majestad –dijo Stella sin ninguna emoción.

Evitó levantar la cabeza de la letra que estaba recomponiendo de una antigua Biblia del siglo XVII. Era domingo y estaba intentando avanzar en su trabajo, aprovechando la siesta de Nicky.

–Sí, está en la puerta. ¿A qué habitación quiere que le haga pasar?

Stella tragó saliva y dejó el pincel en la mesa. Sabía que no iba a poder mantener el pulso y no quería estropear el libro.

–Iré a recibirlo a la puerta.

–No puedo dejarlo esperando –dijo la anciana, apurada.

–Iré ahora mismo.

Cerró el tarro de tinta. Lo más importante era mantenerse fuerte y no caer en sus brazos. Si Vasco creía que charlar con una cronista de sociedad sobre la ausencia de planes de boda había sido una falta de lealtad, entonces su marcha del palacio debía de haberle hecho estallar.

A toda prisa, pasó junto al ama de llaves en dirección a la entrada. Su marido, el jardinero, estaba agazapado bajo un arco.

–¡El rey! –exclamó al verla pasar.

Al parecer, la pareja no debía de leer las crónicas de sociedad porque si no, habrían esperado ver por allí al rey. Castell Blanc era un sitio muy tranquilo. Llevaba allí cuatro días, desde que Vasco se fuera de viaje, y no había aparecido nadie. Y, de repente, el rey estaba en la puerta.

Stella contuvo una risa nerviosa. La cálida luz de la tarde se filtraba por la puerta entreabierta, iluminando el vestíbulo. Podía ver la silueta de Vasco junto al umbral.

–¿Qué significa esto? –preguntó él antes incluso de verle la cara.

–Vamos fuera.

–No, quiero pasar.

–No es mi casa, así que no me parece apropiado.

Su corazón latía desbocado. No quería que el matrimonio de servicio los escuchara. Aunque fuera el rey, eso no significaba que pudiese entrar donde quisiera como si fuera su palacio.

Pasó junto a él, evitando su mirada, y salió por la puerta. Vasco la siguió escalones abajo. Castell Blanc era una gran mansión, de más de trescientos años, construida en piedra. Tenía el aire de una residencia de verano y, aunque podría estar mejor cuidada, tenía mucho encanto.

Ni siquiera conocía al dueño. La había contratado por teléfono, fiándose de sus referencias y de la bibliotecaria local, que había sido lo suficientemente discreta como para no comentar sus circunstancias.

¿Qué pensaría el señor Mayoral si supiera que la restauradora de libros que había contratado estaba haciendo enfadar al rey en la puerta de su casa?

Ante la mansión se extendía un amplio patio, rodeado de establos que ya no se usaban.

–¿No vas a dejarme pasar? –preguntó él atónito.

Seguramente, nunca le habían negado la entrada a ninguna parte. Ella misma lo había dejado entrar en su apartamento de Los Ángeles.

–No puedo.

–Estoy seguro de que a Óscar no le importará.

–He venido aquí para alejarme de ti. Necesito espacio.

Se sentía indignada de que ni siquiera estuviera escuchándola.

–Hay mucho espacio en el palacio. Si quieres, puedes tener tu propia ala.

–¿Y que entres en ella cada vez que te dé la gana? Eso es lo que estoy intentando evitar.

¿Por qué parecía más guapo de lo que recordaba? Estaba muy atractivo con vaqueros y una camisa verde. La ligera capa de polvo que lo cubría evidenciaba que había ido en moto.

Era difícil enfadarse con él y por eso tenía que distanciarse.

–No quiero una relación en la que esté a tu plena disposición, pero en la que no haya compromiso. Puede que te resulte extraño, sobre todo teniendo en cuenta que no hace mucho que estamos juntos, pero es lo que quiero. Ya pasé por lo mismo con mi ex y no estoy dispuesta a volver a sufrirlo.

–Tu ex y yo no nos parecemos en nada.

–A simple vista, no. Pero los dos sois hombres y no queréis compromisos, así que quizá tengáis en común más de lo que parece.

–Todo esto es por el tema de la boda, ¿verdad? –preguntó él frunciendo el ceño.

–Parece un ultimátum, pero no es así. Si decido mantener una relación es porque busco una unión duradera. No soy una adolescente experimentando ni una universitaria interesada en pasárselo bien. Soy una mujer adulta, madre de un niño. En este momento de mi vida, quiero una relación estable. Si no, prefiero seguir sola.

Había tomado aquella decisión cuando le había dicho a Trevor que ya no estaría disponible los viernes por la noche. Nada de citas solo por diversión. Tal vez por eso no le había dado ninguna opción. ¿Tan rara era por querer mantener una relación seria y estable?

–Podemos tener una relación sin necesidad de estar casados –dijo Vasco con mirada suplicante–. El matrimonio no se nos da bien a los Montoya.

De nuevo, el deseo se mezclaba con la ira. ¿Por qué tenían sus ojos aquel brillo de desesperación?

–No eres como tus antecesores. Tú eres tú. En nuestra situación, no podemos vivir juntos. Eres el rey y tenemos un hijo. Nadie conoce los verdaderos detalles, pero ahora mismo llevo escrito en la frente *Soy la concubina del rey*. Soy una mujer tradicional y no puedo vivir con ello.

Miró a su alrededor y de repente fue consciente de que el matrimonio de servicio podía estar escuchando.

–No quiero que la gente hable de mí, de nosotros.

–Lo harán de todas formas porque Nicky es nuestro hijo.

–No saben cómo fue concebido. Quizá deberíamos decirlo. No somos más que unos extraños a los que unió el laboratorio de un banco de esperma.

Vasco se estremeció.

–No.

–¿Por qué no? Es la verdad. Tomaste la decisión de donar tu semen. Eras consciente de lo que estabas haciendo.

–Por aquel entonces no era rey y nunca pensé que lo sería.

–No veo la diferencia –dijo ella ladeando la cabeza–. Hiciste un acto generoso al donar tu ADN y yo opté por recurrir a él. ¿Qué más da que seas rey o un adolescente aburrido?

–Porque como rey, mis hijos heredarán el trono de Montmajor.

–Como dijiste, eso ocurrirá de todas formas. Mueve tu varita mágica y cambia las leyes que necesites.

Hablarle de aquella manera le resultaba liberador. Estando fuera del castillo, de sus dominios, se sentía más libre para ser irreverente y discutidora que siendo su invitada.

–Si la gente se entera, se quedará escandalizada.

157

–Pues escandalízalos –replicó ella sonriendo con dulzura–. Nunca tuve la intención de ocultar la verdad cuando recurrí al banco de semen. Creo que no es diferente a una adopción. Simplemente lo estás haciendo en una fase previa a la vida.

–¿Estás diciendo que di mi semen en adopción? –preguntó Vasco entornando los ojos para protegerse del sol.

–Así es. No hay nada de lo que avergonzarse.

–Siento vergüenza de haberlo hecho. Era joven y estúpido.

–Pero, si no lo hubieras hecho, Nicky no existiría.

–Cierto y siempre me alegraré por ello, pero...

Vasco se dio la vuelta y fijó la mirada en el horizonte.

–Prefieres que la gente piense que fue concebido en un momento de desatada pasión –observó Stella.

Los hoyuelos de Vasco reaparecieron junto a aquel brillo de furia de sus ojos.

–Sí –dijo, y volvió junto a ella.

Stella se cruzó de brazos para evitar lanzarse a los de Vasco.

–¿Por qué no existe una palabra masculina para concubina? No me parece justo que yo tenga que ser la desvergonzada a los ojos de los demás. Podría contar a la prensa que eres el hombre objeto con el que me divierto.

Él se rio.

–Adelante. Será un placer. Y ahora, si me invitas a pasar…

Se acercó a ella, embriagándola con su olor.

–No, gracias. Tengo libros que restaurar.

–Incluyendo los de mi biblioteca. Supongo que no habrás abandonado tus obligaciones.

–Continuaré con mi trabajo tan pronto se aclare nuestra situación.

Vaya, aquello había sonado como otro ultimátum. Al menos sabía que no accedería a cualquier cosa solo para que restaurara sus libros. No era demasiado bibliófilo. Aquella situación la estaba mortificando.

–Mis tías me han dicho que llevarás a Nicky a que pase el día con ellas.

–Así es. Lo cierto es que ya lo estoy haciendo. No quiero apartar a Nicky de ti. Por eso sigo en Montmajor. Este es su hogar y sé que le gusta.

–¿Y a ti?

–A mí también.

«Y tú también me gustas».

Pero eso ya lo sabía Vasco y no le importaba. Sabía que Stella lo dejaría todo y volvería al palacio para casarse con él si se lo pedía.

–Así que vas a quedarte.

–Me quedaré, pero conforme a mis términos. Si voy a vivir aquí, tengo que organizar mi vida. He sido tu invitada durante demasiado tiempo. Por muy cómoda que sea tu casa, no es mi hogar.

–Tampoco lo es Castell Blanc –dijo él señalando con la cabeza la mansión que tenían a sus espaldas.

–No, pero es un buen sitio para decidir lo que voy a hacer. Tengo que instalarme y ver qué perspectivas de empleo tengo y qué tipo de casa me puedo permitir.

Vasco se rio.

–¿Tienes todos los medios de Montmajor a tu disposición y te preocupa encontrar trabajo?

Stella se rodeó con los brazos.

–Para mí es importante la independencia. No quiero ser una mujer mantenida.

Él frunció el ceño. No acababa de entenderla y por eso necesitaba mantenerse alejada de él. Stella sospechaba que bajo su actitud considerada, estaba esperando la oportunidad de volver a seducirla para llevarla a aquel universo de placer en el que no importaba el futuro, sino tan solo el presente.

Lo que sin duda alguna ocurriría si dejaba que se acercase demasiado.

–Stella –dijo suavemente, y le sostuvo la mirada durante largos segundos.

Stella tuvo la sensación de que estaba a punto de decir algo importante. ¿Le pediría que se casara con él? Se le aceleró el corazón y sintió que la sangre se le subía a la cabeza.

Con qué facilidad eso lo resolvería todo. Aceptaría su oferta y volvería a casa con él. A Óscar Mayoral no le importaría demasiado que sus libros no fueran restaurados inmediatamente. Llevaban más de doscientos años en el mismo estado, así que ¿qué importaba un año o dos más?

Vasco todavía no había dicho nada. Las emociones se adivinaban en su rostro y una pequeña arruga se dibujó en su entrecejo. Luego, frunció ligeramente los labios. Stella recordó la sensación de tenerlos junto a los suyos. Le ardían las manos, deseando alargar los brazos y estrecharlo contra ella.

—Vuelve a casa conmigo —le pidió Vasco acercándose.

Qué fácil sería decir que sí. Pero Stella dio un paso atrás.

—¿No has oído nada de lo que te he dicho? —preguntó conteniendo las lágrimas—. Lo siguiente que vas a hacer es aprobar una ley obligándome a vivir contigo en el palacio. No puedes salirte siempre con la tuya. He sido muy condescendiente viniéndome a vivir contigo al otro lado del mundo con mi hijo, quien probablemente esté ahora en su cuna preguntándose dónde estoy, y adaptándome a una nueva cultura. Pero tengo un límite. No puedes seducirme para que encaje en tu vida según tus términos. Voy a quedarme aquí y punto.

¿Por qué no parecía sorprendido? Incluso parecía estarse divirtiendo con la idea de sancionar una ley que la obligara a quedarse junto a él.

—Si intentas algo raro, le contaré a la prensa cómo fue concebido Nicky.

Stella vio cómo se movía la nuez de Vasco al tragar saliva.

–Respeto tus deseos.

«Por ahora».

Vasco no estaba acostumbrado a que sus planes fueran contravenidos. Stella tenía la sensación de que se le ocurriría algún plan para conseguir que Nicky y ella volvieran al palacio.

Tenía que ser fuerte, aunque le resultara muy difícil cuando lo único que quería era arrojarse a sus brazos.

–Por favor, vete. Tengo que ver cómo está Nicky y no quiero que entres. El lunes lo llevaré al palacio.

Se dio la vuelta, sintiéndose descortés a pesar de que se lo mereciera.

Esperaba oír sus pasos siguiéndola, pero Vasco no se movió. Subió presurosa los escalones y entró, sin dejar de correr hasta llegar a la habitación de Nicky de la segunda planta. El niño seguía durmiendo tranquilamente en su cuna.

–Oh, Nicky.

Incapaz de resistirse, lo tomó en brazos y lo abrazó. El pequeño bostezó y se frotó los ojos.

–Eres el único hombre que me importa.

Lo estrechó con fuerza, haciéndole apoyar la cabeza en su hombro. El dulce olor de su cuerpo la embriagó, aliviando la tensión que sentía.

Él era la razón por la que no podía quedarse en el palacio como su concubina. Todavía era demasiado pequeño para entenderlo, pero en un par de años empezaría a saber de papás y mamás. Estaba preparada para ser una madre soltera porque así lo había planeado. Cuando su hijo

162

le preguntara por qué papá y ella no estaban casados, quería contestarle con sinceridad y decirle simplemente que no había podido ser, en vez de seguir durmiendo en la cama de Vasco, rezando para que algún día la convirtiera en su esposa.

Ya estaba curada de esas falsas esperanzas. Si un hombre quería casarse con una mujer, daba el paso y se lo pedía. Si no quería... bueno, entonces la mujer tenía que seguir con su vida, por muy difícil que le resultara la ruptura.

# *Capítulo Once*

–Así que admites que tenía razón.

Sin bajarse de su Yamaha, Tomy se quitó el casco.

–¿En qué? –preguntó Vasco quitándose el suyo.

Acalorado y sudoroso, no se sentía más relajado después de pasar el día recorriendo los Pirineos.

–En que tu dama quería un anillo en el dedo.

–Se supone que tienes que distraerme para no pensar en ello.

El sol estaba en lo más alto, castigándolos con sus rayos.

–¿Serviría de algo? Cuando vuelvas a casa, nada habrá cambiado.

–Eso es lo que me gustaría. Ya te he contado que Stella se ha ido.

El palacio se había convertido en el sitio más solitario del mundo desde que ella se había marchado.

–¿Vas a darte por vencido?

–¡De ninguna manera!

–Estás enamorado –observó Tomy sonriendo.

–No tengo ni idea de lo que es el amor.

No podía ser aquel dolor que lo invadía cada vez que pensaba en Stella.

–Claro que lo sabes. Es como lo que sientes por tu Kawasaki –dijo Tomy señalando con la cabeza la moto azul de Vasco, cubierta por una gruesa capa de polvo.

–Tengo tres como esta. Y dos Hondas y una Suzuki.

–Entonces, como lo que sientes por Montmajor.

–Eso es orgullo y pasión. Y un montón de cosas más que se mezclan en mi ADN, pero no amor.

–Creo que te quejas demasiado.

–Del deseo lo sé todo. Es una emoción muy fuerte.

Lo sentía en aquel momento, mientras el rostro de Stella se dibujaba en su cabeza. Lo único que quería era abrazarla, besarla…

–Si la sientes en tu corazón, entonces probablemente sea amor.

Lo que sentía era dolor en el corazón y hablar de ello no le aliviaba. Normalmente recurría a Tomy para distraerse de los asuntos más serios.

–¿De verdad estamos hablando de esto? –preguntó Vasco pasándose la manga de la camisa por la cara para secarse el sudor–. Porque, si es así, voy a pensar que un extraterrestre se ha apoderado del cuerpo de mi amigo y lo tiene secuestrado en alguna parte.

–Es posible. Si es así, espero que las extraterrestres se lo estén pasando bien conmigo.

–¿Qué sabrás tú del amor? –replicó Vasco–. Cada vez que te veo estás con una mujer diferente.

–Amo a cada una de ellas –dijo Tomy sonriendo con la mirada fija en el horizonte–. Sobre todo a Felicia. He quedado con ella esta noche.

–Eres una mala influencia.

–Lo sé, no deberías relacionarte conmigo. Has cambiado desde que conociste a Stella.

–Querrás decir desde que conocí a Nicky.

¿No había sido entonces cuando todo había cambiado? Su vida no había vuelto a ser la misma desde que puso los ojos en su hijo.

–Eso también. Stella y Nicky van en el mismo paquete, pero se puede decir que no estás loco solo por el niño.

Vasco respiró hondo el aire de las montañas.

–Stella es una mujer increíble. Es inteligente, divertida y muy guapa. Me gusta que restaure libros y que estuviera dispuesta a cualquier cosa por hacer realidad su sueño de tener un hijo.

–Entonces, cásate con ella.

–El matrimonio es el fin de la diversión. Seguro que pronto empezaríamos a discutir por alguna cuestión del protocolo o por qué tomar de cena, y todo se volvería una carga.

–¿Quién lo dice? No te imagino discutiendo con nadie sobre protocolo.

–Es solo una observación. Y me refiero tanto a mis padres como a otras parejas casadas tanto de su generación como de la nuestra. Una vez que te casas, el matrimonio se convierte en una obligación.

–No eres como ellos, Vasco. Fíjate en ti, disfrutas con todo lo que haces. No solo eres el rey de una pequeña nación, sino que tienes una gran compañía minera con oficinas en varios continentes. Te diviertes con cualquier tarea.

–Quizá me las arreglo para separar el trabajo del placer.

Eso era lo que siempre se había dicho, pero ya no le convencía.

–¿Por eso nunca llevas a ninguna mujer a tu dormitorio?

–Yo no he dicho eso.

–Quieres tener la oportunidad de escapar en un momento dado.

–Así es. ¿Ves? Stella está mejor sin mí.

¿Por qué no la había invitado a su habitación cuando había tenido la oportunidad? Su intento por mantener su vida ordenada y compartimentada parecía una estupidez.

–Tal vez descubras que te gusta despertarte a su lado.

Vasco se pasó la mano por el pelo húmedo. Estaba pasando por un infierno durmiendo solo y despertándose sin ella.

–Tal vez.

En aquel momento, nada le apetecía más que la idea de despertarse junto al dulce rostro de Stella.

–Cásate con ella.

–Pero sé que el matrimonio lo estropeará todo.

Tomy se rio y luego sacudió la cabeza.

–Vasco, amigo mío, ya lo has estropeado todo. Se ha mudado a vivir fuera y se ha llevado a tu hijo con ella. ¿Qué más puede pasar?

–Tienes razón.

–Además, eres el rey. Siempre puedes encerrarla en una mazmorra y pedir que te traigan algunas vírgenes.

–Si no estuviera sentado en la moto…

–¿Qué? –dijo Tomy subiéndose a su moto–. Te echo una carrera hasta el río.

–¡Vamos!

Vasco se había pasado toda la noche recorriendo los corredores, tratando de decidir si debía casarse con Stella. Cada vez que pensaba que sí, tenía una sensación extraña y aterradora.

Cuando decidía que no, no se sentía bien. No le agradaba la idea de no tenerla en su cama, ni en su mesa ni a su lado durante las siguientes décadas. Lo que quería decir que debería hacerlo.

¿Aceptaría Stella? Estaba seguro de que quería casarse. Se sentía muy atraída por él y, además, era el padre de Nicky.

Por otra parte, no podía ignorar que se había ido del palacio por él y que le había dicho que no creía en el matrimonio. No eran unas palabras muy tranquilizadoras en labios de un futuro marido.

La idea de que lo rechazara le hizo darse cuenta de lo desesperado que estaba de que le dijera que sí. Podía tenerla de vuelta en el palacio al día siguiente, con un anillo en el dedo y una sonrisa en su bonita cara mientras se metía en su cama. En su habitación.

Siguió paseando por el palacio, haciendo resonar sus pisadas en el suelo empedrado. Estaba amaneciendo cuando se le ocurrió un plan. Se detuvo delante de la armadura que se había puesto Stella hacía poco. A Stella le gustaban las historias medievales de caballeros y damiselas. Se vestiría de caballero e iría cabalgando hasta Castell Blanc, le daría una serenata y le pediría la mano.

¿Cómo podría resistirse a aquello?

Aquella mañana, al dejar a Nicky en el castillo, Stella no vio ni rastro de Vasco. Su hijo se puso muy contento de volver junto a sus tías, que le habían organizado un picnic junto a otros niños. No pudo evitar sentirse vacía al marcharse del palacio sin verlo.

Debía de estar enfadado por no querer volver a la rutina que él había establecido, especialmente después de que le hubiera amenazado con revelar la verdad acerca de la concepción de Nicky.

Después de todo, era cierto.

Se fue del palacio sintiéndose desilusionada, pero decidida a concentrarse en el trabajo y disfrutar del día soleado. El coche que conducía era de Castelle Blanc y el dueño le dejaba compartirlo con los empleados del servicio. Pero resultaba que ninguno de ellos sabía conducir, así que podía disponer de él libremente. Todo estaba saliendo demasiado bien para ser verdad. Estaba temporalmente en una casa acogedora junto a Nicky, tenía un trabajo que le apasionaba y podía dejar al pequeño al cuidado de Vasco y de sus tías todos los días.

Se sentía sola, pero era normal por haber roto la única relación que de verdad había disfrutado. Además, no tenía amigos. Había estado tan pendiente de Vasco que no se había preocupado de conocer a nadie. Ahora que había vuelto a llevar las riendas de su vida, había decidido tomar algunas clases e integrarse en la comunidad. Al principio la mirarían extrañados, pero mientras no confirmara ni negara nada, pronto la verían como a una persona más y no como un titular de prensa.

Compró una barra de pan en la panadería, junto con un poco de queso, unas aceitunas y un poco de salchichón, y disfrutó de la comida en la terraza de Castell Blanc. Después de una taza de café, se dispuso a coser las pastas desgastadas de un libro del siglo XVIII sobre la conquista romana de Europa.


No fue fácil para Vasco meterse en la armadura más grande que encontró en el palacio. Antiguamente, la gente era más pequeña. Las perneras no le servían, pero se las arregló para colocarse el torso y los brazos, además de las piezas metálicas para los pies. El mayor problema llegó cuando el caballo lo vio acercarse.

–Tinto, soy yo. Tus antepasados no se asustaban de este atuendo –dijo tratando de tranquilizar al animal–. Necesito que cooperes. Tengo una damisela a la que cortejar.

El mozo de cuadra disimuló la risa.

Tinto llevaba la guarnición ceremonial, incluyendo un faldón bordado y riendas con borlas. Era una bonita estampa romántica, si conseguía de una vez montar el caballo.

Avanzó unos pasos, pero el animal retrocedió en el patio adoquinado.

–Acércalo hasta mí mientras yo me quedo quieto –ordenó–. Quizá eso funcione.

Jaume, el mozo de cuadra, trató de acercar al caballo, pero el animal se plantó y lo miró intrigado.

–Quizá debería intentarlo con alguno de esos caramelos de menta que tanto le gustan –añadió.

Jaume llamó a Luis, que llegó corriendo con un puñado de caramelos que entregó a Vasco. Por suerte, los guanteletes metálicos eran de cuero por dentro y se movían con cierta flexibilidad. Se las arregló para quitar el envoltorio y poner un caramelo en la palma de la mano.

–Toma, Tinto. Es tu favorito.

Tinto miró interesado, pero seguía recelando. Después de unos minutos, el caballo avanzó unos pasos y tomó el dulce.

–Sabía que me reconocerías. Formas parte de

171

un importante plan –dijo Vasco suavemente–. Ahora tenemos que conseguir que me suba. ¿Qué tal si Luis sujeta a Tinto mientras Jaume me ayuda a subir la pierna?

Aquella armadura debía de pesar casi cuarenta kilos.

–Una, dos y…

Tinto se apartó antes de que Jaume ayudara a Vasco a levantar la pierna.

–Venga, vamos –dijo Vasco–. No habrá ningún caramelo más hasta que me haya montado. Apenas es un paseo de quince minutos. Estarás en casa comiendo heno antes de que puedas darte cuenta.

Luis volvió a colocar a Tinto en posición. Jaume ayudó a Vasco a subirse a la silla y le pasó la pierna por encima del lomo de Tinto. El animal trató de soltarse de Luis y empezó a corcovear por el patio.

–Tranquilo –dijo Vasco tomando las riendas–. Venga, nos vamos.

Llevaba el anillo en el bolsillo. Mientras no se le cayera, todo estaba bien.

Vasco consiguió controlar al animal y todo fue bien hasta que pasaron la verja. Una vez fuera del palacio, el animal se encabritó y Vasco acabó en el suelo, a tiempo de ver alejarse al animal por la colina más cercana.

Luis y Jaume acudieron corriendo y lo ayudaron a levantarse. La coraza de la armadura estaba magullada y Vasco se sentía dolorido.

–¿Está bien?

–Creo que todavía estoy vivo aquí dentro.

Se quitó la armadura y pasaron la siguiente hora siguiendo el rastro de Tinto hasta que lo encontraron a la sombra de un roble. Tenía un pequeño corte en una de las patas y se lo llevaron para vendársela.

–Será mejor que vaya en una montura de confianza.

Se cambió de ropa y esa vez se puso un disfraz de caballero que solía usar para las fiestas. Con el anillo guardado en un bolsillo, se fue a por su Kawasaki. No era tan romántico como un caballo, pero era más de fiar. En cuestión de minutos llegó a la entrada de Castell Blanc, apagó el motor de su moto y empezó a cantar.


El rugido de un motor hizo que Stella levantara la cabeza de su costura. Parecía el motor de una moto y el corazón le empezó a latir con fuerza. Dejó la aguja y se acercó a la ventana. Los primeros acordes de una voz masculina la hicieron detenerse.

¿Era Vasco?

Se echó hacia delante y miró fuera. Abrió los ojos como platos al ver a Vasco vestido con unas calzas, como si fuera un personaje salido de alguna historia de Cervantes.

Su voz grave y profunda, envolvía aquellas palabras en catalán y llenaba el aire.

–Oh, Vasco –exclamó en voz baja.

Se le encogió el corazón y deseó arrojarse en

sus brazos. Resistió el impulso y quiso ir a buscar a Nicky para que viera a su padre cantando como un antiguo trovador, pero recordó que estaba en el palacio con sus tías.

Mientras escuchaba, entendió algunas palabras. La canción contaba la historia de un hombre que había perdido a su amor verdadero al que nunca volvería a ver. Los ojos se le llenaron de lágrimas, pero no por la letra, sino por la intensa emoción de la voz melodiosa de Vasco.

Vasco la vio en la ventana y, desde el segundo piso, Stella distinguió el brillo de sus ojos mientras comenzaba otro verso. El corazón comenzó a latirle a toda prisa y la invadió la emoción. Incluso a *capella*, Vasco imprimía más energía y pasión que toda una orquesta de músicos profesionales.

Y todo lo estaba haciendo por ella.

Como método para conseguir llevarse a una mujer a la cama, era recomendable. Sentía frío y calor a la vez. Aun así, tenía que mantenerse firme. Estaba en juego el resto de su vida.

Vasco terminó la canción e hizo una reverencia. Stella aplaudió y no pudo evitar sonreír.

–Muy bonito –murmuró sin que la oyera.

–¿Me harías el honor de bajar a la puerta?

Aquella actitud le agradaba. En condiciones normales, habría cruzado la puerta sin preguntar.

Ella asintió y bajó corriendo, sin dejar de repetirse que tenía que ser fuerte.

«No te lances a sus brazos. Limítate a saludarlo y a decirle que canta muy bien».

–Hola –dijo con una sonrisa tontorrona al abrirle la puerta.

Vasco hincó una rodilla en el suelo e hizo una reverencia con la cabeza. Stella se quedó de piedra. Él buscó algo en su bolsillo y sacó el anillo. Luego levantó la cabeza y la miró a los ojos con tanta intensidad que sintió un pellizco en el estómago.

–Stella, te quiero. No he podido dejar de pensar en ti desde que te fuiste. Sin ti me siento triste y sé con certeza que quiero pasar el resto de mi vida a tu lado. ¿Quieres casarte conmigo?

Se quedó clavada en el sitio. ¿Estaría soñando? Quería pellizcarse, pero era incapaz de moverse.

–Por favor, Stella, sé mi esposa –añadió Vasco con un brillo de ansiedad en los ojos.

–Sí.

Aquella palabra escapó de sus labios sin permiso de su cabeza. ¿Por qué lo había dicho? Aquel cambio de actitud era sorprendente y no del todo convincente. Aun así...

Vasco se levantó y le puso el anillo en el dedo. Luego cerró los ojos y besó su mano, antes de tomarla entre sus brazos y unir los labios con los suyos.

Stella sintió que se quedaba sin fuerzas por la intensidad de su beso. Si no la hubiera estado sujetando con fuerza, se habría caído al suelo. Aquello era demasiado maravilloso como para ser verdad.

Cuando por fin se separaron, Stella se quedó mirando su disfraz.

–¿Es esta una escena de alguna obra que estás ensayando?

–No, las palabras y los sentimientos son solo míos.

–Pero ayer dijiste…

–Desde ayer ha pasado mucho tiempo. He estado toda la noche imaginándome una vida sin ti y me he dado cuenta de lo desdichado que sería si te perdiera. Me he comportado como un niño caprichoso que siempre quiere salirse con la suya y he ignorado los sentimientos de los demás. Nicky necesita un padre que sea un hombre familiar –dijo levantando la barbilla orgulloso.

–¿Quieres casarte conmigo solo para que Nicky tenga una familia?

Un matrimonio sin sentimientos, algo que quedara bien sobre el papel, como la mayoría de los enlaces de los miembros de la realeza. El estómago se le encogió.

–He dicho que te quiero y es lo que siento –declaró él tomándole la mano del anillo–. Me conoces lo bastante bien como para saber que nunca me casaría por obligación. He tenido que hacer introspección para darme cuenta de que lo que siento por ti no tiene nada que ver con obligaciones o con responsabilidades o con cualquier otra cosa que no sea la felicidad que siento cuando estoy contigo.

–Yo también te quiero. Creo que te quiero desde el momento en que apareciste en mi puerta reclamando un lugar en la vida de tu hijo, decidido a no aceptar un «no» por respuesta.

–Supongo que tengo suerte de que no me echaras a patadas –dijo él sonriendo.

–Bueno, lo intenté, pero no es fácil deshacerse de ti. Y ahora me alegro –añadió ella, y sonrió también.

Miró el anillo, con un brillante zafiro azul en vez del tradicional diamante.

–¿Es un anillo antiguo de tu familia?

–No, no quiero un matrimonio tan deprimente como el de ellos. He hecho que lo trajeran desde Barcelona. Pensé que preferirías algo más original que el clásico diamante.

–Tienes razón, me encanta.

–La piedra fue extraída por una de mis empresas mineras en Madagascar y le pedí a mi joyero favorito que lo engastara –afirmó–. Apuesto a que si lo miras de cerca puedes ver todo el universo.

–Nunca había visto nada igual. Se me olvida que posees una compañía además de ser rey.

–En momentos como este, incluso viene bien.

–Y eres la clase de persona a la que le gusta estar ocupada –observó Stella.

–Como tú. No te veo pasando todo el día mirando por la ventana. Aun así, creo que deberías estar restaurando la colección real en vez de un puñado de novelas aquí en Castell Blanc.

–El señor Mayoral tiene una colección maravillosa, no tan grande como la tuya, pero también muy interesante –dijo sonriendo–. Aun así, admito que echo de menos la biblioteca del palacio. Aquí no tengo espacio suficiente para mis instrumentos, así que no me queda más remedio que trabajar en otra habitación.

—A lo mejor puedes llevarte esos libros al palacio y restaurarlos allí.

—Tal vez lo haga.

Stella se estremeció de emoción ante la idea de regresar al palacio con Nicky. Debía de ser casi la hora de recogerlo. Pero no tenía que hacerlo.

De nuevo, volvió a mirarlo para asegurarse de que no estaba soñando.

—¿De verdad vamos a casarnos?

—¿Sigues sin creerme? —dijo él acariciándole la barbilla, con una expresión divertida en los ojos.

—Quiero hacerlo, pero me cuesta.

—Pues sí, vamos a casarnos tan pronto como sea posible. Yo me casaría hoy mismo.

—¿Hoy?

—Mañana, pasado o el mes que viene, lo dejo a tu elección. Depende del tipo de boda que quieras. Voto por una gran boda con muchos invitados para que vean que vamos en serio.

Ella se rio.

—¿Sabes? Puede que tengas razón: una boda fastuosa con todo el boato que esperan los paparazzi. Quizá así nos dejen en paz.

—Imposible —dijo él sonriendo.

—Bueno, quizá de momento, deberíamos disfrutar de esta tranquilidad.

Stella miró la casa. Una semana y media sin hacer el amor con Vasco empezaba a afectarle.

178

Su embriagadora presencia, especialmente con aquel atractivo atuendo de mosquetero, le hacía desear arrancarle la ropa allí mismo.

–¿Quieres entrar? –añadió Stella.

–Por supuesto. Me alegro de que por fin me dejes entrar.

–Será mejor que el señor Mayoral no se entere de lo que estamos a punto de hacer.

–Mis labios están sellados. Estoy deseando saber qué es lo que estamos a punto de hacer.

# *Capítulo Doce*

Las ruedas del carruaje resonaron sobre el pavimento empedrado de las calles mientras la multitud aclamaba el cortejo nupcial. Stella no tenía que preocuparse de sonreír a la gente. Llevaba toda la mañana con una sonrisa estampada en la cara.

–Me sorprende que los caballos no se asusten por todos esos helicópteros.

No habían dejado de volar sobre sus cabezas desde el amanecer, para captar todas las imágenes de la boda.

–Están acostumbrados. Les asusta menos que un hombre vestido con una armadura –dijo Vasco rodeándola con un brazo por la cintura.

¿Cuánto quedaba para quedarse a solas?

Nicky estaba sentado frente a ellos en el carruaje, con la tía Lilli sujetándolo para que no intentara saltar, e incluso saludaba a la multitud al pasar.

Por fin, el carruaje llegó al palacio, donde ya estaba todo listo para la mayor celebración de Europa. Amigos, familiares y miles de mandatarios y diplomáticos habían volado desde todas las partes del mundo.

Una alfombra de pétalos rosas cubría el suelo,

desde donde el carruaje se detuvo hasta la entrada del palacio. Su olor impregnaba el ambiente.

Vasco sonrió y saludó al personal del palacio que interpretaron un antiguo saludo de felicitación de Montmajor. Vasco la condujo al interior del castillo. Stella llevaba un impresionante vestido de color marfil con una cola de quince metros y seis pajes de entre siete y ocho años se encargaban de extenderla detrás de ella. En la cabeza, una tiara de esmeraldas se ajustaba a su elaborado peinado.

–Me siento como una reina con este vestido.

–Lo pareces –dijo Vasco, y le besó la mano.

Vasco estaba muy guapo con un atuendo que le hacía parecer un caballero del siglo XIX. Stella se imaginaba a mujeres de todo el mundo, viendo las imágenes y deseando ser ella.

Vasco tomó a Nicky en brazos y Stella entornó los ojos por el destello de los flashes. Había un gran interés en conseguir fotografías de uno de los solteros de oro convirtiéndose en un hombre casado.

Un camarero les ofreció un par de copas de champán y se giraron hacia la multitud para brindar por su matrimonio.

–Soy el hombre más afortunado del mundo –dijo Vasco levantando la copa–. Vivo en un gran país, me he casado con una mujer adorable y tengo un hijo maravilloso. ¿Qué más se puede pedir?

Los invitados aplaudieron y se fueron acercando para darles la enhorabuena. Cuando todo

el mundo se hubo marchado, Stella estaba agotada.

—Creo que vas a tener que subirme en brazos.

—Encantado.

—Creo que incluso voy a tener que dormir esta
noche.

—¿Dormir? Eso es una pérdida de tiempo —dijo
Vasco, y la besó.

—Está bien, puede que tengas razón. Empiezo
a recobrar las fuerzas. ¿No sería interesante que
nuestro segundo hijo fuera concebido en la noche de bodas?

—¿Un segundo hijo? —repitió Vasco sorprendido.

—¿Por qué no? Estoy segura de que a Nicky le
gustaría tener un compañero de juegos.

Stella se asustó. ¿No quería más hijos? No lo
habían hablado y nunca había sido intención de
Vasco tener hijos. Aun así, parecía disfrutar de la
paternidad.

La expresión de Vasco se había tornado pensativa. La llevó a su antigua habitación de soltero
y cerró la puerta. Habían dormido allí desde la
noche en que le había pedido matrimonio.

La dejó sobre la enorme cama con dosel y empezó a desabrocharle el vestido. Era complicado
desprenderse de toda aquella ropa, especialmente estando tan cansados y excitados.

—Tienes razón. Es la noche perfecta para en-
cargar al hermano o hermana de Nicky —dijo
Vasco—. ¿De qué te ríes?

–Me estaba preguntando si conseguiremos quitarnos la ropa antes de que amanezca.

–Siempre podemos recurrir a las tijeras –comentó Vasco, fingiendo arrancarle con los dientes el sujetador.

Cuando por fin le quitó la camisa, Stella suspiró al ver su ancho pecho bronceado. Vasco por fin era suyo. Desde que volviera al palacio con el anillo en el dedo, sus encuentros sexuales habían tenido una nueva dimensión. Había dejado de pensar que estaba cometiendo un error por acostarse con el padre de su hijo.

Ahora estaban casados. Durante mucho tiempo había pensado que no conocería la alegría de unir su vida a la de otra persona. Lo había conseguido en parte al tener a Nicky, pero al casarse con Vasco, sentía que su existencia estaba completa. Formaban una familia, un núcleo indestructible. Se sentía segura y protegida, capaz de relajarse y disfrutar del presente sin las dudas y los miedos de un futuro incierto.

Gimió al sentir los dedos de Vasco bajo las bragas. Ardiente y húmeda, su roce la hizo estremecerse. Nunca se había imaginado que su cuerpo pudiera disfrutar con tantas sensaciones. Parecía no haber límite a los nuevos sentimientos y emociones que la invadían desde que se comprometieron.

De repente deseó sentirlo dentro, moverse con él y perderse en la pasión del momento.

Acarició su pene erecto y lo guió a su interior. Él jadeó al penetrarla. Durante los días que había pasado en Castell Blanc, había pensado que nunca volvería a disfrutar de aquella sensación. Sabía que después de Vasco, no volvería a sentir lo mismo con nadie.

Stella arqueó la espalda para que se hundiera más profundamente. Luego se subió encima de él e intensificó el ritmo. Lo único que sentía haciendo el amor con Vasco era puro placer.

–¿Qué prefieres, niño o niña?

–Me da igual –contestó Stella abrazándolo con fuerza.

–Yo ni siquiera quería tener hijos –dijo él, y la besó–. Ni siquiera pensaba que quisiera una esposa. Gracias a Dios que te encontré.

Pasaron horas en la cama, alcanzando el éxtasis una y otra vez. A pesar de que sabían que podían hacer aquello todas las noches del resto de sus vidas, las ganas de disfrutar del momento no disminuían.

Cuando amaneció, estaban adormilados enredados en un abrazo.

–¿Cuándo sabremos si Nicky tendrá un hermano? –preguntó Vasco junto a su oído.

–En un mes. Fue una espera angustiosa hasta que supe que estaba embarazada la primera vez. Y no disfruté durante la concepción. Pero no nos habríamos conocido si no hubiese sido por el banco criogénico Westlake. Creo que en vez de demandarles por facilitar mis datos, voy a mandarles flores.

–Gracias a Dios que existen empleados corruptos.

–Sobornaste a alguien, ¿verdad?

–Claro, ¿no habrías hecho tú lo mismo?

–Probablemente no. Pero, claro, no pertenezco a la realeza.

–Ahora sí.

–Tienes razón. Se me hace extraño.

–La reina Stella de Montmajor.

Stella se estremeció.

–Supongo que acabaré acostumbrándome –dijo acariciando la barba incipiente de la mejilla de Vasco–. Llevas casi un día casado. ¿Es tan horrible como te lo imaginabas?

Sus hoyuelos aparecieron y la estrechó entre sus fuertes brazos.

–De momento, no. Creo que como rompimos la tradición al concebir a nuestro hijo antes de conocernos, podemos afirmar que todo lo demás será diferente y maravilloso.

–Estoy de acuerdo. Y creo que será mejor que durmamos un poco antes de que se despierte nuestro hijo.

# Epílogo

*Un año y ocho meses más tarde*

—Sopla, cariño, sopla.

La tía Lilli sujetaba a la pequeña Francesca delante de la tarta.

—No entiende —dijo Stella sonriendo—. Aunque estoy segura de que puede apagar las velas con las babas.

Estaban sentados alrededor de una gran mesa de madera en los jardines del palacio, bajo el sol de la tarde.

Stella y Vasco habían descubierto encantados que habían engendrado a su segundo hijo durante el primer mes de matrimonio. Cuando la pequeña Francesca nació un mes antes de lo esperado, habían llegado a pensar que tal vez fue concebida incluso antes de la boda.

La pequeña alargó las manos e intentó tocar la tarta.

—Creo que quiere un trozo.

Vasco tomó el cuchillo y se dispuso a ayudar a Nicky a cortar la tarta. A sus tres años, se mostraba muy orgulloso de ser el hermano mayor y de cuidar a su hermana.

—Voy a cortarle un trozo porque es su cumpleaños. Y luego otro para mí más grande porque soy mayor.

–¿Y nosotros? Somos todavía más mayores –dijo Vasco y revolviendo el pelo rubio de su hijo.

–Entonces vas a tener que dejar los trozos más grandes para tus tías –intervino la tía Mari dando palmadas–. Somos tan viejas que ni nos acordamos a cuántos cumpleaños hemos ido.

A Stella le resultó difícil recordar cómo se las había tenido que arreglar sin una familia que la ayudara. Seguía pasando horas en la biblioteca cada día trabajando en los libros y, junto a Mari, había empezado a catalogarlos.

Vasco sirvió los trozos de tarta y luego alzó su copa.

–Un brindis por mi pequeña princesa, que no tendrá que marcharse nunca de Montmajor a menos que ella quiera.

Sus palabras sorprendieron a Stella, pero enseguida recordó la antigua norma que había obligado a Vasco a dejar su país siendo todavía un crío.

–Es bueno viajar y ver mundo –comentó la tía Frida–. Con veinte años, pasé tres recorriendo África. Más tarde, llevé una empresa de catering en París. Pero siempre apetece volver a Montmajor.

Las tías, que parecían haber vivido varios siglos, no dejaban de sorprenderla con las historias de sus vidas.

–No hay ningún sitio tan tranquilo –convino la tía Lilli.

—Ni tan bonito —añadió la tía Mari.

—Estoy de acuerdo —dijo Stella sonriendo—. Aunque creo que es la gente la que lo hace tan especial. No conozco ningún lugar del mundo en el que acojan tan bien a los extranjeros y los hagan sentir como si siempre hubieran vivido aquí.

Vasco le rodeó la cintura con un brazo.

—De vez en cuando tenemos que salir fuera para traer gente especial que quiera vivir aquí —dijo, y le dio un beso a Stella en la mejilla.

Ella suspiró y sonrió a su marido, y al resto de su familia.

—Me alegro de que nos encontraras.